국립극단 희곡선 3

알리바이 연대기 | 김재엽

어릿광대의 정치학개론

국립극단

공연 연보

2013년 9월 3일-9월 15일
국립극단 소극장 판
(국립극단 젊은연출가전)

2014년 4월 17일-4월 20일
아르코예술극장 소극장
(서울연극제 공식참가작)

2014년 4월 25일-5월 11일
국립극단 백성희장민호극장

2014년 9월 26일-9월 27일
인천종합문화예술회관 소공연장

2014년 10월 4일-10월 5일
대구 수성아트피아 무학홀
(수성아트피아 연극축제)

2014년 10월 9일-10월 11일
아르코예술극장 소극장
(서울국제공연예술제(SPAF) 공식초청작)

2015년 1월 16일, 18일
도쿄 세타가야 퍼블릭씨어터
(한일연극교류협의회 제7회 한국현대희곡 낭독공연)

2015년 10월 21일-10월 25일
도쿄 우에노 스토아하우스
(제3회 일한연극주간 공식초청작)

2018년 4월 28일
독일 하이델베르거 스튀케마르크트
(한국연극주간 초청작)

2019년 10월 16일-11월 10일
국립극단 명동예술극장

2019년 명동예술극장에서의 출연 배우 및 창작진은 다음과 같다

아버지 김태용   _**남명렬**

재엽   _**정원조**

소년 태용, 소년 재진, 소년 재엽   _**지춘성**

청년 태용, 재진   _**이종무**

어머니, 아주머니   _**전국향**

큰아버지, 책방주인, 형사반장, 교장 외   _**유준원**

사촌형님, 청년의 형님, 아저씨, 남총련 외   _**유병훈**

반장, 성훈, 점원 외   _**백운철**

선거운동원, 담임 외   _**유종연**

작·연출   **_김재엽**

드라마투르그   **_ 이지현**

무대   **_ 서지영**

조명   **_ 최보윤**

의상   **_ 오수현**

음악·음향   **_ 한재권**

영상   **_ 윤민철**

소품   **_ 박현이**

분장   **_ 이지연**

조연출   **_ 박효진 이진성**

제작진행   **_ 신지우**

일본어 자문   **_ 이진**

*2014년 국립극단 백성희장민호극장 공연과 2015년 도쿄 스토아하우스 초청공
연에서는 이정수 배우가 함께 참여했음을 밝힙니다.

일러두기

본 출판본은 개막 이전 연습 기간 중 작가가 출판용으로 정리한 것으로, 실제 공연과 일부 다를 수 있습니다.

작품을 쓰면서

이 작품의 제목인 「알리바이 연대기」는 우리가 몸소 겪은 한국의 현대사를 말한다.

그렇다면, 알리바이란 무엇인가? 사전적 의미는 다음과 같다.

> **알리바이 :**
> 〈법률〉범죄가 일어난 때에, 피고인 또는 피의자가 범죄 현장 이외의 장소에 있었다는 사실을 주장함으로써 무죄를 입증하는 방법. '현장 부재 증명'으로 순화.
> '알리바이가 성립되다', '알리바이가 입증되어 혐의를 벗었다' 등의 문장으로 사용된다.

한국의 현대 정치를 이끌었던 사람들은 자신의 실패를 인정하지 않고, 끊임없이 부재를 증명하는 알리바이를 만들어 그것을 은폐한다. 그리고 그 무책임은 끊임없이 재생산되는 평온한 일상으로 덮어진다.

한국사회의 전형적인 알리바이 구조는 3가지로 정리될 수 있다.

첫째, 책임 전가와 모순적인 정치적 수사의 사용,
둘째, 저항세력에 대한 도덕적 공격,
셋째, 분열과 차별을 이용한 효과적인 통치이데올로기 활용

우리는 이러한 '알리바이 연대기'의 실체를 아버지 세대와 아들 세대로

이어지는 직접적인 체험을 통해 여전히 진실에 근거하지 않는 국가와 정치권력의 실체를 파악해보려 한다.

한 개인으로서 우리가 그러한 국가와 정치권력, 특히 국가의 주군으로 행세하는 대통령이라는 존재와 맞닥뜨리게 되는 순간은 언제일까? 우리의 아버지들, 우리의 형들, 우리들은 각자의 시대에서 어떤 대통령들을 어떤 특정한 삶의 순간에 만나게 되었을까? 그리고 우리의 아이들은 각자의 시대에서 또 어떤 대통령들을 만나면서 살아가게 될까? 대한민국의 현대사를 통해 배출한 우리의 대통령들과의 직간접적인 만남의 순간, 우리의 인생은 또 어떻게 변했고, 또 어떻게 변해갈까?

아버지와 형과 나와 나의 아이들 각자 세대적 경험을 통해서 국가의 정치 지도자들이 한 국민의 삶에 어떤 영향을 미쳐왔는지를 보여주려 한다. 또한 개인의 삶의 역사와 국가의 역사를 교차시켜 봄으로써 굴곡진 대한민국 현대사에서 개인들이 어떻게 자신의 삶의 여정을 거쳐왔는지를 성찰해본다. 덧붙여, 나의 아버지와 형과 나와 나의 아이를 통한 한 가족의 삶의 흐름을 파악해보는 자전적인 삶의 드라마이기도 하다.

무대와 연출을 생각하며

벽이 있다.
아이는 그 벽에 대고 테니스볼을 던지고 받는다.

전쟁 중인 벽
막아서는 벽
두드리는 벽
몸을 피하는 벽
기대어 서는 벽
벽보가 나붙은 벽
낙서와 구호가 난무하는 벽
한계와 금지를 확실히 선포하는 벽
갈라지는 벽 틈새가 벌어지는 벽
저 벽 너머의 세계에 도달하기 위해서 사라져야 할 벽

또한 무대와 객석 사이의 벽을
극장과 세계 사이의 벽을
허물어뜨리기 위해서 우리는 벽을 넘는 연극을 꿈꾸고 있다.

이 작품은 알리바이를 무너뜨리기 위해서
그러한 알리바이로 점철된 연대기에 대한 책임을 묻기 위해서
반드시 허물어야 하는 벽에 대한 이야기이다.

한 개인의 사소한 일상사를 바탕으로 그 사이를 파고드는 역사의 한 순간을 정밀하게 조명해보는 다큐멘터리 드라마의 형식이다. 통시적 관점과 공시적 관점을 넘나드는 에피소드의 연속체이자, 무대와 객석이 수시로 소통하는 서사적 극형식으로 열린 극장을 지향한다.

한 개인의 역사가 한 국가의 역사와 겹쳐지는 순간을 통해서 최고 권력자의 존재가 한 개인의 삶에 어떠한 의미인지를 들여다보게 될 것이다. 그리하여 대한민국 현대사를 관통하면서 소시민으로서 살아간다는 것이 무엇인지 돌아보는 계기가 될 것이다.

이 연극은 일상사 속에 스며들어 있는 정치권력과 민주주의에 대한 담론을 제기하여 각자의 삶에서 대통령을 만난 기억들을 이야기해보는 사랑방을 열어볼 계획이다. 극장이 배우를 위한 무대를 넘어서 동시대 삶의 문제를 이야기하고 대안적인 삶의 에너지를 발견해가는 진정한 소통의 장으로 확장되기를 바라는 진정한 의미의 동시대 연극을 꿈꾼다.

작품의 시공간을 그려보며

이 작품의 시간은 크게 두 파트로 나뉜다.

제1막은 아버지 세대를 대표하는 故김태용 님의 연대기로서
1930년-1979년까지를 다루고 있다.

제2막은 아버지 세대를 포함한 아들 세대인 형 김재진, 동생 김재엽의
연대기로서 1980년-2019년까지를 다루고 있다.

동시에 이 작품이 말해지고 있는 시간은 오늘인 2019년의 하루이다.
모든 이야기들은 현재적 시점에서 돌아본 것으로 현재적인 의미망 안에
서만 말해진다.

이 작품의 공간은 국립극단 소극장 판에서 시작하여 백성희장민호극장
을 거쳐 명동예술극장으로 이동 중이다.
그곳에서 작/연출 본인이 자신의 삶을 직접적으로 이야기하는 현존하
는 공간이다.

동시에 작/연출 본인이 자신의 아버지와 형과 자신이 직간접적으로 겪
은 에피소드들을 보여주고 들려주는 서사적 공간이기도 하다.

무대는 객석에서 보아 오른편에 헌책방으로 둘러싸인 〈아버지의 방〉과

왼편에는 대학 도서관 내에 있는 책장들로 이루어진 〈태용문고〉로 나뉜다. 그 가운데에는 영상화면을 비출 수 있는 공간으로 무대후면 공간이 트여있다. 또한 객석의 뒤로 돌아갈 수 있도록 트인 공간에 자전거를 탈 수 있는 길이 극장 전체를 관통할 수 있도록 뚫려있다.

끝으로 이 작품이 원하는 시공간은 발터 벤야민이 「역사의 개념에 대하여」에서 말하고 있는 "호랑이 도약(Tigersprung)"을 하게 하는 시공간으로 '섬광처럼 번쩍이는 어떤 기억을 움켜잡기 위해' 과거로 뛰어드는 것이다. 그러나 이는 과거로 회귀하는 것이 아니다. 과거의 형상을 움켜잡아서 그것으로 현재를 진짜 '위기상태'로 만들려는 것이다. 혁명은 "역사의 연속체를 폭파시켜 끄집어낸 현재의 시간으로 충만된 과거"를 만들어야 한다.

주요 등장인물은

이 작품의 첫 번째 주인공은 1930년 2월 15일 당시 일본국 대판시(현 오사카) 동성구 대금리정 556번지 출생인 故김태용 님. 이 작품의 작/연출을 맡은 김재엽의 돌아가신 아버지이다.

이 작품의 두 번째 주인공은 1964년 6월 11일 대구 동구 신천동 1152-6번지에서 태어난 김재진 님. 이 작품의 작/연출을 맡은 김재엽의 형님이다.

이 작품의 세 번째 주인공은 1973년 1월 31일 대구 중구 동인동 4가 328-2번지에서 태어난 김재엽 본인. 이 작품의 작/연출을 맡고 있다.

나머지 인물들은 위의 주요 등장인물들이 살아가는 도중에 스치고 지나가면서 만난 수많은 사람들이다.

특히, 이 작품에서 알리바이의 연대기를 주도했던 공화국의 지도자들은 위의 주요 등장인물들의 일생에 꽤나 큰 영향을 미치는 중요한 인물들이다.

등장인물

김태용(아버지) / 소년 태용 / 청년 태용
김재엽(둘째아들) / 소년 재엽
김재진(첫째아들) / 소년 재진
어머니 / 큰아버지 / 사촌 형님 / 소년의 아버지 / 청년의 형님

공익근무요원들
벽보장이
반공청년단
국토개발요원1·2·3
영남정치인1·2
선거운동원
신문팔이
책방주인
점원
아저씨
아주머니
형사반장
형사1·2
응원단장
취객1·2
선동열
용현
반장

교장
담임
부동산
백골단
남총련
성훈
의사

1막 　아버지의 연대기

프롤로그 　　　　*1998년 9월의 아버지(68세)*

어둠 속에서 군부대 앞을 암시하는 나팔소리가 들려온다.
조명이 들어오면, 무대 후면에 경상북도 칠곡군 50사단
훈련소 건물을 암시하는 영상이 비친다.
모자를 눌러쓴 아버지(68세)가 무대 한편에서 걸어 나온다.
누군가를 기다리는 듯 주위를 살피며 둘러본다.
다시 나팔소리가 들려온다. 곧이어 환호성과 함께
훈련소 정문에서 공익근무요원들이 수다를 떨며 쏟아져 나온다.
그 가운데 재엽(26세)의 모습이 보인다.
아버지는 막내아들인 재엽을 발견하고 너무나 반갑게 재엽을 부른다.

아버지　엽아! 재엽아!

재엽　어? 아버지…….

　　　　　　　　　　　　　　　　아버지, 재엽을 끌어안는다.

아버지　그래, 어디 보자. 니, 괜찮나?

재엽　예에. 안 오셔도 되는데…….

아버지　그래도 와 봐야지, 아버지가. 그건 그렇고, 훈련은 안 힘들
　　　　었나?

재엽　공익인데요, 뭘…….

아버지　무릎은? 수술했다고 말하지 그랬냐?

재엽　살살했어요, 아버지. 4주 금방 가던데요.

　　　　아버지는 말씀 도중 여러 번 감정이 격앙되는 듯 목이 메고,
　　　　　　눈가가 촉촉히 젖어들며 여러 번 눈물을 삼킨다.
　　　재엽은 아까부터 그런 아버지의 눈물에 마음이 혼란스럽다.
　재엽과 함께 있던 공익근무요원들은 이 광경을 신기하게 바라본다.
　　　　　이때 지나가던 현역 군인 한 명이 걸음을 멈추고
　　　　　　　　이 광경을 이상하게 바라본다.

재엽　근데, 아버지……?

아버지　(그제야 눈물을 훔치며) 왜?

　　　버스 도착하는 소리. 현역 군인이 먼저 버스에 올라 자리에 앉는다.

재엽　아, 아니에요. 버스 왔네요.

아버지가 버스에 오른다. 다른 공익근무요원들도 함께 버스에 오른다.
현역 군인은 아버지가 버스에 오르자 자리를 양보한다.
뒤따르던 재엽은 걸음을 멈추고 관객을 향해 그날의 기억을 떠올린다.

재엽　1998년 9월 20일, 스물여섯 살의 저는 다 늦게 공익근무요
원으로 복무하기 위해 경상북도 칠곡군에 있는 50사단 훈
련소에서 4주간의 훈련을 무사히 마치고 나옵니다. 한 달
만의 재회의 순간, 아버지는 저를 보시더니 갑작스럽게 감
정이 격앙되시면서 급기야 눈물을 흘리셨습니다.

곧이어 재엽이 버스에 오른다.
버스 안에는 여전히 현역 군인 한 명과 여러 명의 공익근무요원들이
아버지와 재엽을 이상하게 바라보며 서 있다.

아버지　재엽이 니, 앉아라.

재엽　아버지 앉으세요.

아버지　(앉으면서) 군복은?

재엽　안 주던데요.

아버지　예비군 훈련할 때 필요할 낀데.

재엽　물어봤는데. 공익근무요원은 알아서 준비해야 한다더라고
요.

훈련생들예예. 맞심더.

아버지　뭐 그런 게 다 있노?

재엽　훈련만 끝난 거고, 근무는 이제 시작인데요, 뭐.

아버지　금방 간다. 그럼, 금방 가고말고……

아버지는 다시 주머니 속에서 손수건을 꺼내 눈물을 훔친다.
재엽은 버스 손잡이를 잡고서 아버지의 뒷모습을 한동안 바라본다.
재엽은 무대에서 관객석을 향해 걸어 나온다.

재엽　그날, 아버지께서는 저를 분명 따뜻하게 맞이해주셨지만, 아버지께서 흘리신 눈물만큼은 이상하게도 제 마음에 잘 와 닿지 않았습니다. 바로 그날 아버지께서 흘리신 눈물을 두고두고 잊을 수가 없습니다. 아버지의 눈물을 이해하는 데에는 생각보다 오랜 시간이 걸렸습니다.

아버지는 여전히 눈물을 훔치시다가 문득 하늘을 응시한다.
다시 쏟아지는 눈물을 참지 못하고 얼굴을 찌푸린다.
재엽은 그런 아버지를 가만히 바라본다.
조명 서서히 어두워진다.

암전.

1막 1장　　아버지의 연대기 (1)
아버지의 방

영상화면으로 1995년 2월, 대구 중앙상업고등학교 정년퇴임식장.
교장이 등장한다.

교장　　자자, 오늘 이 자리로 말하자믄 34년간 우리 중앙상업고등
학교에서 한결같이 여러분들에게 영어를 갈켜주신 김태
용 선상님의 정년퇴임식이 있는 날입니다. 오늘 이 자리를
끝으로 우리 곁을 떠나시는 여러분들의 스승님, 김태용 선
상님의 마지막 말씀이니, 귀 기울이 갖고 잘 듣도록 하입시
다. 자, 박수.

양복을 입은 아버지와 한복을 입은 어머니가 들어온다.
아버지가 단상에 오른다.
아버지가 말씀을 하시려는 찰나에 재엽이 헐레벌떡 따라 들어온다.

재엽　그날은 꽤 추웠던 걸로 기억이 납니다. 1995년 2월이었으니, 대학교 4학년 때였겠네요. 아버지가 34년간 근무하신 학교를 무심하게도 퇴임식 날 처음 가보았습니다. 그날 아버지는 자신을 위해서 추위에 떨며 운동장에 서 있는 학생들에게 최후의 일성을 남기셨습니다.

아버지　그러니까 마, 공부하지 않는 학생은 학생이 아니다, 이런 얘 깁니다. 알겠지요? 이상. 끝!

교장　자, 자. 박수! 퇴임식 끝! (아버지에게 악수를 건네며) 욕봤다.

아버지　(악수하며) 욕보이소.

교장　(어머니에게) 안녕하십니까? (재엽을 보고) 누고?

어머니　아, 서울서 공부하는 막둥이라요. 재엽아, 인사해라. 교장선생님이시다.

재엽　안녕하세요.

교장　에헤이. 안즉도 학교 댕기는 아가 있었네. 계속 등록금 까먹겠네. 봐라. 너그 아부지 퇴임하셨는데, 안즉 졸업도 안 했나?

재엽　예에…….

어머니　4학년이라예.

교장　과는?

어머니　국문과라예.

교장　그리 안 생겼는데. 요새 국문과 나오믄 어데 취직하노?

재엽　아직…… 군대를 안 갔다 와서요…….

교장　에헤이. 뭐 했노? 4학년이라믄서?

아버지　놔두소. 지 가고 싶을 때 가는 기지 뭐.

교장　암튼 사모님이 엄청시리 고생했심더. 선생질 해갖고 자슥들 서울로 대학 보내고…….

아버지 무슨 소리. 그만하면 많이 벌어다줬다 아이가.

어머니 아직도 월급봉투째로 안줍니더. 생활비 쥐꼬랑지만큼 준다 아입니꺼.

아버지 애껴야지. 애껴야지 애들 공부시키고 밥 먹고 살지. 월급봉투째로 주면 그게 남아나나?

어머니 그라믄 뭐, 내가 허투루 쓴단 말이라예?

아버지 뭐, 꼭 그런 뜻은 아니고.

어머니 내니까 이래 참고 산단 말이라예. 그걸 잊어뿌리믄 안 된다 꼬예.

교장 에헤이. 봐라. 김 선생. 퇴직하믄 뭐 딴 거 있는 줄 아나? 집에 콕 처박히 갖고, 사모님이 해주는 밥 고맙게 받아 묵고, 사모님 말씀 잘 새겨들으면서 지내는 기라. 명심해라 마.

교장 퇴장한다.

어머니 교장선생님 말씀 단디 들으시소.

아버지 (먼 하늘을 바라보며) 끝났으면, 그만 가자.

아버지가 퇴임식 공간을 벗어나자, 어머니도 따라 나선다.
조명이 (객석에서 볼 때) 무대 오른편 공간에 있는
아버지의 방을 비춘다.
영상자막으로 '아버지의 방'이 나온다.

재엽 여기는 정년퇴임을 하신 당시 아버지의 방입니다.

아버지가 방으로 들어가 호마이카상 앞에 앉아

책을 펴들고 열심히 무언가를 읽기 시작한다.
재엽은 아버지를 따라 방으로 들어간다.

재엽　아버지의 방은 이렇게 평생 동안 헌책방에서 모으신 책들로 가득했습니다. 영어로 쓰여진 책들이 대부분이었죠.

아버지는 일본식 영어발음을 하시며 문장을 읽어나간다.

아버지　(영어 원서를 읽으며) '뚜우 비 오아루 노뜨 뚜우 비(To be or not to be)'이고, '대뜨 이즈 더 꾸에스찌언(That is the question)'이다, 이 말이네. 야, 명문장이다.

재엽　일본어로 쓰여진 책들도 많았습니다.

아버지　(일본어 원서를 읽으며) 生きるか、死ぬか それが 問題だ。
이키루까, 시누까, 소레가 몬다이다.
(우리말 자막 : 사느냐 죽느냐, 그것이 문제로다.)
(다시 우리말로) 아버지는 일본에서 태어나서 일본에서 자랐다.

일본의 전통가요 엔카가 흐르면서
소년(어린 시절의 아버지)이 책보를 들고 등장한다.

소년　私の 名前は キム・テヨンです。
日本の 名前は 金岡 正哲です。
私は 1930年2月15日、
日本国 大阪市 東成区 大今里町 556番地で 生まれました。

와따시노 나마에와 키무 태용데스.

니혼노 나마에와 카나오카 마사오데스.

와따시와 센큐우햐꾸산쥬넨 니가쯔 쥬우고니찌

니혼코쿠 오오사카시 히가시나리쿠 오오이마자토쵸

고햐꾸고쥬우로꾸방찌데 우마레마시따.

(우리말 자막 : 내 이름은 김태용입니다. 일본 이름은 카나오카 마사오입니다. 나는 1930년 2월 15일에 일본국 대판시 동성구 대금리정 556번지에서 태어났습니다.)

아버지   대판시가 어디냐면, 오사카를 말하는 거야.

소년   私は1936年、初めて小学校へ入学しました.

와따시와 센큐우햐꾸산쥬로꾸넨, 하지메떼 쇼오각꼬오에

뉴우가꾸시마시따.

(우리말 자막 : 나는 1936년에 소학교에 처음 입학했습니다.)

아버지   1936년이 언제적이냐 하면……. 제2차 세계대전 바로 직전이었는데, 베를린에서 올림삐꾸를 했어. 히틀러가 나와 갖고 막 연설도 하고 그랬다. 그때 손기정이가 금메달을 확 따버렸잖아. 정말 옛날 일이다.

소년   私は うちの 學級で 一番 小さかったです.

와따시와 우찌노 각큐데 이찌방 찌이사캇따데스.

(우리말 자막 : 나는 우리 반에서 제일 작았습니다.)

아버지   아버지는 7살에 학교 들어갔는데, 덩치도 제일 작고, 키도 제일 조그마하고, 근데 이게 별로 안 좋더라고. 그래서 재엽이 니를 8살에 학교 보내려고 너 1월생인데, 호적에는 3월로 올렸잖아.

재엽   저는 1973년 1월 31일 출생이지만, 호적에는 1973년 3월 31일로 올라가 있습니다. 아버지의 배려 때문이었죠. 지금 어디

가는 길이세요?

소년   私は 今 映画を 見に 行く ところです.

와따시와 이마 에이가오 미니 이꾸 토코로데스.

(우리말 자막 : 나는 지금 영화 보러 가는 길입니다.)

재엽   무슨 영화예요?

소년   サムライの 映画です.

사무라이노 에이가데스.

(우리말 자막 : 사무라이 영화입니다.)

이때, 포스터를 붙이는 벽보장이가 나와 포스터를 붙인다.

아버지   아침 일찍부터 극장 앞에 가면, 영화 포스터에 영화를 공짜로 볼 수 있는 딱지가 몇 장 붙어 있는 거야. 먼저 떼내는 사람이 임자지. 운수대통이야.

포스터에 붙은 딱지를 떼어내는 소년.
그 사이에 벽보장이가 뒷주머니에 꽂아둔 미국 잡지를
꺼내어 펼쳐본다.
여배우 사진을 보고 좋아라 잡지책 페이지를 찢는 벽보장이.
소년이 관심을 가지고 바라본다.

벽보장이   おお、正哲ちゃん〜.

오, 마사오짱.

(우리말 자막 : 오, 마사오.)

소년   おはようございます.

오하요고자이마스.

(우리말 자막 : 안녕하세요.)

벽보장이 またきたね。

마타키타네.

(우리말 자막 : 또 왔네.)

소년 何ですか?

난데스까?

(우리말 자막 : 뭐예요?)

벽보장이 このアメリカの雑誌。見るかい?

코노 아메리카노 자시. 미루까이?

(우리말 자막 : 미국 잡지야. 볼래?)

소년 ひん。

(좋아하며) 히잉.

벽보장이 やるよ。俺は もう 読み終えた。

야루요. 오레와 모오 요미오에따.

(우리말 자막 : 너 가져. 난 다 봤어.)

소년 わあ!

와아!

(우리말 자막 : 와아!)

벽보장이 このかわいいやつ!

코노 카와이 야츠!

(우리말 자막 : 귀여운 짜식!)

벽보장이는 소년에게 영어로 쓰여진 미국 잡지를 건네주고

나간다.

소년은 잡지 속에 빠져든다.

아버지 어느 날 벽보장이 아저씨가, 자기는 다 봤다면서 미국 잡지
책을 건네주는 거야. 와아, 미국놈들 정말 잘 살데. '와싱톤'
인지 '뉴요끄'인지는 잘 모르겠지만 거리풍경이 아주 별천
지더라고. 어쩌면 그 잡지책이 내가 처음 접한 서양 문명이
었는지도 모른다. 가만있자. 그래서 내가 결국 영어선생이
됐나? 글쎄다……. (소년에게) 얘야, 이리 함 가져와 봐라. 아,
못 알아듣지?
坊や、その雑誌 持ってきておいで。
보오야, 소노 잣시 못떼키떼오이데.
(우리말 자막 : 얘야, 그 잡지책 가지고 이리 와 보렴.)

　　　　　　소년이 들고 있던 미국 잡지책을 가지고 온다.
　　　　　아버지는 소년과 함께 미국 잡지책을 뒤적인다.
　　　　　그 사이에 재엽은 아버지의 방 안으로 들어온다.
　　재엽이 책장 안에 꽂힌 아버지의 헌책들을 뒤적이면,
　　　　　　　소년이 함께 도와주고 정리해준다.

재엽 아버지가 특히 귀하게 여기셨던 것은 일본어나 영어로 쓰
여진 외국 교과서들이었습니다. 어느 날 저는 아버지가 일
본 수학 자습서를 풀고 있는 장면을 목격했습니다. 아니! 정
년퇴임을 한 영어교사가 왜 하필 소일거리로 수학문제를
풀고 있는 거죠? 아버지, 왜 이러세요?

아버지는 끙끙거리며 계속해서 수학문제를 열심히 풀고 있다.

아버지 이거 왜 이렇게 어렵냐? 니가 한번 풀어볼래?

아버지가 재엽에게 연필을 건넨다.

재엽은 일단 연필을 건네받고는

아버지 곁에 앉아 수학문제를 풀려고 시도해본다.

아버지 니도 못 푸나? 니 그래 가지고 어떻게 대학 들어갔노? 이런 짜식.

아버지는 다시 수학문제를 풀려고 시도해본다.

재엽 아버지는 분명 보통 아버지는 아니었습니다.

아버지 (여전히 문제가 잘 풀리지 않는 듯) 이게 다 내가 기초가 약해서 그런 거야. 아부지가 학교 다닐 때는 맨날 전쟁 중이라서 이런 교과서 같은 건 한 번도 배워본 적이 없어요.

폭격을 알리는 일본어 안내방송과 사이렌 소리 등의

태평양 전쟁 소음과 함께,

일본어 군가가 흘러나온다.

영상으로 태평양 전쟁의 자료화면이 지나간다.

소년 1941年 始まった 太平洋戦争で 学校は 授業を 止め、戦争を 支援する軍隊になりました.

센큐우햐꾸욘쥬이찌넨 하지맛따 타이헤이요오 센소오데 각꼬오와 쥬교오오 야메, 센소오오 시엔스루 군따이니 나리마시따.

(우리말 자막 : 1941년 시작된 태평양 전쟁으로 학교는 수업을

안 하고 전쟁을 지원하는 군대가 되었습니다.)

아버지   1941년 일본이 진주만을 폭격하면서 태평양 전쟁이 일어났
다. 근데 어느 날 학교에 가니까, 내가 제일 좋아하는 영어
를 안 가르치는 거야. 미국놈들하고 전쟁하는데 미국말을
가르칠 수 없다, 인제 영어는 배울 필요가 없다, 이러는 거
야. 정말 학교 가기 싫어지데. 그리고 학교 가면, 맨날 기차
나 대포 같은 거 닦게 하고, 맨날 전쟁 준비나 시키는 거지.

공습경보 사이렌 소리와 함께 폭격음이 점점 커진다.

소년   1944年の 夜、学校から 戻る頃 一生 忘れられない 激しい
空襲を 受けました。
센큐우햐꾸욘쥬요넨노 요루, 각꼬오까라 모도루코로 잇쇼
오
와스레라레나이 하게시이 쿠우슈우오 우케마시따.
*(우리말 자막 : 1944년 야간에 학교에서 돌아올 무렵 평생 기
억날 만큼 극심한 공습을 겪었습니다.)*

강력한 폭격음이 절정에 달하는 순간, 조명이 변한다.
소년은 비명을 지르면서 책가방을 집어던지고 엎드린다.

소년   あああ! 助けて! 助けて!
아아아! 타스케떼! 타스케떼!
(우리말 자막 : 아아아! 살려줘요! 살려줘요!)

아버지   폭탄이 터지는데 정말 죽겠데. 매일 밤 공습 때문에 온 세
상이 어둠 속에 있는데, 조명탄이 펑하고 터지니까 갑자기

대낮처럼 환해지는 거야. 와아, 쪼만한 돌멩이 하나, 개미새
끼 한 마리까지 다 드러나데. 내 그때 예감을 해버렸다.

소년   あ, 私は もう この 道ばたで, 血を 流す間もなく 灰になっ
て, 形もなく いなくなるだろう!

아, 와따시와 모오 코노 미찌바타데 치오 나가스히마모나꾸
하이니낫떼, 카타찌모나꾸 이나꾸나루다로오!

*(우리말 자막 : 아, 나는 이제 여기 길거리 어느 한 자락에서,
피 흘릴 새도 없이 가루가 되어서, 형체도 없이 사라지겠구
나!)*

아버지와 소년은 전쟁의 폭격음과 조명탄 불빛 아래에서,
몸을 웅크린 채, 고개를 푹 숙인다.
소년이 서 있는 무대 후면으로
일본의 항복을 선언하는 천황 히로히토의 모습과 육성이
동영상으로 펼쳐진다.
패전소식에 통곡하는 일본국민들의 모습도 함께 지나간다.
소년도 그들처럼 울음을 터트린다.
그때, 소년의 아버지가 연장을 들고 급히 등장한다.

소년의아버지   正哲、金岡 正哲!

마사오, 카나오카 마사오!

お前は ここで 何を しているのか?

오마에와 코코데 나니오 시떼이루노까?

(우리말 자막 : 아들아. 너 여기서 뭐 하니?)

소년   ああんああん、父さん、私たちが 戦争で 負けたって。

엉엉엉, 또오상, 와따시타찌가 센소오데 마케탓떼.

          (우리말 자막 : 엉엉엉. 아버지, 우리가 전쟁에서 졌대요.)

소년의아버지 もう 知ってるよ。だから 泣くな。

          모오 싯떼루요. 다까라 나쿠나.

          (우리말 자막 : 알고 있다. 그러니까, 눈물을 뚝 그치렴.)

소년   ああんああん、天皇陛下が 降伏したって。

          엉엉엉, 텐노오헤이까가 코오후꾸시탓떼.

          (우리말 자막 : 엉엉엉, 천황폐하가 항복했대요.)

소년의아버지 だから 泣くなって 言ってんだろ!

          다까라 나쿠낫떼 잇뗀다로!

          (우리말 자막 : 눈물을 뚝 그치래두!)

소년   ああんああん。

          엉엉엉.

          (우리말 자막 : 엉엉엉)

소년의아버지 お前は 朝鮮人だから、泣く 必要が ない。

          오마에와 쵸오센진다까라 나쿠 히쯔요오가 나이.

          (우리말 자막 : 너는 조선사람이니까, 울 필요가 없다.)

소년   ええ?

          에에?

          (우리말 자막 : 뭐라구요?)

소년의아버지 (갑자기, 우리말로) 태용아, 너는 조선사람이니까, 울 필요가 없어. 얼른 가자. 엄마가 밥 다 해놓고 기다리겠다.

소년   예, 아버지.

          소년의 아버지, 소년의 손을 잡고 무대 밖으로 나가려 한다.

               소년, 아버지와 함께 나가려다 말고 문득 걸음을

                    멈추고 다시 주위를 돌아본다.

아버지 그날 아버지랑 집에 가는데, 기분이 이상해지더라고. 물론 내 그때까지 '카나오카 마사오'로 불렸지만, 내가 조선사람인지 모르고 있었던 것은 아니었다. 근데 그날따라 갑자기 내가 조선사람이라는 게 굉장히 중요하게 느껴지는 거야. 기분 묘한데. 내 그날을 잊을 수가 없다. 근데 말이야, 일본 땅에서 전쟁이 끝난 그날, 어쩌면 내 인생의 전쟁은 이제 막 시작되었는지도 모른다.

　　　　아버지가 방을 나선다. 소년 또한 밖으로 나간다.
　　　　암전 없이 조명의 변화로 다음 장면으로 이어진다.

1막 2장   아버지의 연대기 (2)
1946년 경상북도 선산군 구미면

아버지의 방에 홀로 남은 재엽.
아버지의 방에 꽂힌 책들을 하나씩 살펴본다.

재엽   이 오래된 책들은 아버지가 돌아가신 후에 어머니의 이름
으로 아버지의 모교인 경북대학교에 기증되었습니다.

무대 후면에 영상화면으로
실제 경북대학교 도서관 4층의 개인문고실 안에
<태용문고>라고 적힌 책장과 아버지의 헌책들이 비친다.
동시에 재엽은 아버지의 방을 나와 영상화면을 따라서
(객석에서 볼 때) 무대 왼쪽 공간인 <태용문고> 책장 코너로 이동한다.
동시에 어머니가 <태용문고> 책장 사이로 나온다. 책장을 쓱 훑어본다.

재엽   어머니는 처음엔 이 책들을 대학 도서관에서 받아줄지 모
르겠다고 걱정하셨지만, 대학 도서관에서는 아버지가 평
생 동안 모아오신 4,367권을 조사해본 결과, 보관할 가치가
있다고 판단되는 3,392권을 선별해서 아버지의 이름을 따
라 <태용문고>라는 개인문고를 만들어 주었습니다.

어머니가 <태용문고> 책장에 붙은 아버지의 사진을 물끄러미 바라보다
가 몇 번 어루만져 보고는 슬프지만 한편으로는 위안을 얻은 듯 밖으로
나간다.

재엽   해마다 3월이면, 저는 아버지의 기일에 맞춰 이곳 경북대학
교 도서관에 들릅니다. 아버지의 영혼은 아마도 이곳에서
안식을 취하고 계실 것만 같았습니다.

아버지가 도서관의 <태용문고> 책장 사이로 등장한다.
태연하게 책꽂이에 꽂힌 책들을 찾아서 꺼내본다.

재엽   그런데 지난 3월, 아버지의 개인문고인 <태용문고> 바로 옆
책꽂이에서 낯익은 한 사람을 발견하게 되었습니다. 바로
이분이셨습니다.

무대 후면에 영상으로 전 대통령 박정희(1917-1979)의 모습이 비친다.
박정희 전 대통령의 외교문서를 보관하는 책장이
바로 아버지의 개인문고 <태용문고>와 마주보고 나란히 서 있다.
책장에는 아버지의 사진과 박정희 전 대통령의 사진이
나란히 걸려 있다.

재엽　　그때 저는 아버지의 영혼이 이 도서관을 출입하다가 이 사진을 발견한다면, 과연 어떤 마음으로 사진을 바라보게 될 것인지 궁금해졌습니다.

아버지가 책장에 붙은 박정희의 사진을 발견하고는 서서히 다가와 한참을 바라본다.

재엽　　아버지와 박정희 전 대통령은 1946년 해방된 이듬해 봄에 나란히 조선 땅으로 들어오게 됩니다. 당시 열일곱 소년이었던 아버지는 — '카나오카 마사오'에서 '김태용'이라는 이름으로 — 할아버지의 고향인 경상북도 선산군 구미면에 처음 발을 디디게 됩니다. 그리고 일제 강점기 당시 일본제국의 만주국 장교로 해방을 맞이한 '다카키 마사오', 즉 박정희 전 대통령도 1946년, 고향인 경상북도 선산군 구미면으로 돌아오게 됩니다. 두 분은 같은 해, 같은 동네에서 살고 있었습니다.

재엽의 대사와 함께 소년이 들어온다. 소년은 곧이어 선글라스를 쓴다.

아버지　너 정확하게 기억하네. 아버지, 박정희랑 같은 동네 살았다. 내 일본에서 돌아오자마자, 박정희 집안을 금방 알게 됐지. 그리고 아버지하고 아버지 형은 그 집에도 여러 번 가기도 했어.

재엽　　그 집엔 무슨 일로요?

아버지　아직 우리가 조선 땅이 낯서니까, 뭐 물어볼 일이 있다든지, 아니면 뭘 빌릴 게 있으면 빌리러 가고 그랬지. 근데 어느 날 그 집에 갔는데, 어떤 쪼만한 사내가 그 집 대청마루에 대자로 드러누워서 신문으로 얼굴을 다 덮고 중얼중얼하고 있더라고.

소년이 아버지의 대사 속에 나오는 '어떤 쪼그만 사내'처럼
'영남일보(嶺南日報)'라고 한자로 크게 적힌 신문으로 얼굴을 다
덮은 채 드러눕는다.

소년 (여전히 신문으로 얼굴을 덮은 채) 세상은 다 썩었다, 썩었어! 더럽다, 더러버! 腐ってる! 쿠삿떼루! *(우리말 자막 : 썩었어!)*

재엽 그게 누구였어요?

아버지 그게 바로 이 사진 속에 있는 박정희였다.

재엽 에에?

아버지 아버지 그때 박정희 처음 봤다. 일본군 장교 하다가 전쟁이 끝나니까, 백수가 돼가지고 자기 형 집 대청마루에 드러누워 있었던 거지.

소년 (여전히 신문으로 얼굴을 덮은 채) 다 썩었다, 썩었어! 더럽다, 더러버!

순간 조명이 변하면서, 아버지가 소년에게 다가가
얼굴을 덮고 있던 신문을 장난스럽게 들춘다.
놀란 소년이 벌떡 일어난다. 소년은 선글라스를 끼고 있다.

아버지 (선글라스를 가리키며) 니, 그거 뭐꼬?

소년　(선글라스를 보여주며) 이거 말이라예?

아버지　그거. 진짜 라이방이가?

소년　그런데예.

아버지　어디서 났노?

소년　대구에 있는 캠프워커라카는 미군부대 앞에서 샀는데예.

아버지　함 보자.

아버지, 소년에게서 선글라스를 슬쩍 빼앗는다.
그러고는 자신이 직접 써 본다.

소년　…….

아버지　와, 이거 진짜 라이방인갑네.

소년　그만 돌리주이소.

아버지　이거 내 좀 쓰자. 내 이제 돌아가야 하는데, 날도 덥고 햇빛이 따가버서 눈이 부시다.

소년　돌리주이소.

아버지　니 어차피 내잖아. 내가 바로 니다. 그러니까 니 께 내 꺼고 내 께 니 꺼 아이가?

소년　돌리주이소. 안 돌리주믄 무덤까지 따라갈 깁니다.

아버지　잘됐네. 안 그래도 혼자 가기 심심한데 따라오려면 따라와 봐.

아버지, 선글라스를 낀 채로 책장 뒤로 나가버린다.

소년　돌리주이소! 돌리주이소! 돌리주이소! (억울해하며) 세상은 다 썩었다, 썩었어! 더럽다, 더러버!

소년, 돌려 달라면서 아버지를 따라나간다.

재엽, 소년과 아버지의 모습을 흐뭇하게 지켜본다.

암전 없이, 조명의 변화로 다음 장면 이어진다.

1막 3장   아버지의 연대기 (3)
1950년 아버지의 한국전쟁

재엽, 소년이 놓고 나간 신문 '영남일보'를 집어 든다.

재엽   아버지가 조선 땅에 처음 발을 디딘 1946년, 그해 10월 1일
자 '영남일보'입니다.

*무대 후면 영상에 1946년 10월 1일 당시 영남일보에 실린
대구역 근처의 보도사진이 비친다.*

재엽   대구역 근처에는 굶어죽는 사람들 투성이었고, 콜레라가
발생해서 대구시민 1천 200여 명이 사망하는 참극이 빚어
졌습니다. 굶주린 대구시민들은 미군정과 친일경찰에게 저
항하는 '10월 항쟁'을 일으키게 됩니다. 당시 아버지 역시
굶어죽기 직전의 상황에까지 처했다고 합니다. 그 당시 아

버지의 실제 가족사진입니다.

무대 후면 영상에 실제 아버지(김태용)의 1946년 당시 오사카에서 찍은
가족사진이 비친다.

재엽   그러나 일본에서부터 이미 병세가 완연하셨던 할아버지
께서는 고향에 돌아온 지 얼마 안 있어 세상을 뜨고 말았
습니다. 아버지는 열여덟 살에 할아버지를 잃고, 낯선 조선
땅에서 형님 한 분과 함께 홀어머니를 모시고 살아야만 했
습니다.

소년과 소년의 형님이 영정사진이 든 액자를 들고 무대 앞을 지나간다.

재엽   공짜표를 구해서 오사카의 영화관을 드나들던 소년은 이
제 빠른 속도로 어른이 되어야 했습니다.

영정사진을 든 소년이 나가는 모습과 동시에 교복과 모자를 쓴
청년(아버지의 젊은 시절)이 들어오는 모습이 교차된다.

재엽   아버지는 1949년 12월 3일, 열아홉 살의 나이로 뒤늦게 대
구공립중학교로 편입학을 해서 조선 땅에서 처음 학교생
활을 시작하게 됩니다.

청년은 도서관의 책상에 앉아 열심히 공부하기 시작한다.
영상화면에 청년이 읽고 있는 오래된 책표지 이미지가 보인다.

청년   (혼잣말로) 이건 뭐라고 읽는 거지? 셰이-쿠-스-피아? 사람
이름인가? 하무-레-또? 신기하다.

청년, <태용문고>의 책장을 도서관처럼 이용하면서, 책장에 꽂힌 책들
을 이것저것 꺼내보기 시작한다. '셰익스피어'라고 영어로 적힌
책을 꺼낸다.

청년   (영어 원서를 읽으며) 뚜 비 오아루 노뜨 뚜우 비(To be or
not to be), 대뜨 이즈 더 꾸에스찌언(That is the question). 그러
니까, 이 말은, 生きるか、死ぬか それが 問題だ。이키루까,
시누까, 소레가 몬다이다. 이 말이다. すごい! 스고이! (갑작스
런 폭격음) 으악!

갑작스러운 폭격음과 함께 청년은 들고 있던 책을 놓치며
바닥에 쓰러진다.
조명탄과 전쟁소음이 반복되며, 어느새 책장 틈에서 소년이 튀어나와
예전과 똑같은 모습으로 공포에 떨면서 소리친다.

소년   あああ! 助けて! 助けて!
아아아! 타스케떼! 타스케떼!

소년은 얼른 청년의 목을 껴안고 함께 엎드린다.

재엽   아버지의 대구공립중학교 시절은 6개월 만에 끝이 납니다.
이듬해인 1950년 6월 한국전쟁이 발발한 것입니다. 패전국
일본을 떠나 찾아온 조국의 고향 땅에는 이미 새로운 전쟁

이 도래하고 있었습니다.

청년 (원망하며) 한국에 오는 게 아니었어! 일본에 그냥 있었으면, 적어도 전쟁은 끝났을 거 아니야? 아니, 아버지는 왜 하필 이때 우리를 여기 데려다놓고 가버린 거야?

소년 (바닥에 흩어진 책을 펴보며) 그런데, 너 뭐 읽고 있었어? 이 꼬부랑글씨 뭔 말인 줄 알아?

청년 그럼. 生きるか、死ぬか それが 問題だ。

이키루까, 시누까, 소레가 몬다이다.

사느냐? 죽느냐? 그게 문제다!

소년 내 말이 그 말이다!

> 다시 폭격음 크게 들리고, 연기가 피어난다.
> 소년과 청년은 서로를 부둥켜안고 엎드린다.
> 청년의 형님이 청년을 부르면서 나타난다.

청년의형님 태용아! 너, 괜찮나?

청년 형님요. 괜찮습니다.

청년의형님 내 육군종합학교에 간부후보생으로 지원했다. 태평양 전쟁 때 보니까, 전쟁 터졌을 때 군대는 사병으로 징집되는 거보다 장교로 자원해서 가는 기 훨씬 낫다카더라. 너, 어머니 잘 모시고 있어라.

청년 형님 없으면 우린 어떻게 살라고…… 형님, 우리 아버지도 안 계신데, 오사카로 다시 돌아가면 안 될까요?

청년의형님 태용아, 전쟁 상황이 안 좋으면, 혹시나 너도 사병으로 강제 징집될지도 모른다. 그렇게 될 바엔 차라리 나처럼 육군종합학교에 지원해서 장교로 가라. 알아서 잘 판단해 봐라.

청년의 형님이 사라진다. 청년과 소년, 난감해한다.
청년, 급히 책장에 꽂힌 책을 몇 권 가방에 챙기고는
형님을 따라 나가려 한다.

소년   너, 어쩌려고?

청년   암만 봐도 나 형님 따라 가야겠다. 일단 간부후보생으로 지원하면, 쫄병으로 끌려가는 거보다는 낫다고 하잖아?

소년   간부후보생 되면 훈련은 얼마나 받는대?

청년   두 달.

소년   두 달 훈련받아서 총이라도 제대로 쏘겠냐?

청년   남들 다 한다는데, 내가 왜 못해? 사병이 아니라 장교라고 하잖아.

소년   겨우 두 달 훈련받아서 무슨 장교가 되냐고? 육군종합학교? 말도 안 돼!

청년   형님 말을 따르는 게 옳다.

소년   조선사람 된 지 얼마나 됐다고, 조선 땅에서 자기들끼리 싸우는 전쟁터에는 왜 나가야 되는데? 옛날에 오사카에서 학교 끝나고 집에 오다가 폭격 맞은 거 기억 안 나?

순간적으로 커다란 폭격음과 함께 청년과 소년, 둘 다 쓰러진다.
이들을 지켜보던 재엽 또한 털썩 주저앉는다.

청년   …….

소년   그때 너 죽었다 살아났어. 그게 전쟁이야!

청년   …….

소년, 청년을 걱정스럽게 바라본다.

청년   그래도 나는 형님 따라 갈란다. 가자.

소년   안 가.

청년   내 가면 니도 가야지.

소년   왜?

청년   너는 어차피 내잖아. 나는 어차피 너고. 얼른 가자.

청년, 소년을 잡아챈다.

소년   싫어! 죽어도 못 가!

청년, 소년을 끌고 황급히 달려나간다.
재엽, 두 사람이 나가는 모습을 지켜본다.
무대 후면 영상에 아버지의 군복무 시절 실제 사진이 차례로 지나간다.

재엽   이 사진 속의 모습처럼 아버지는 1950년 11월 25일, 육군종
합학교에서 9주간의 훈련 끝에 자랑스런 대한민국 육군 장
교가 되셨습니다.

*어느새 아버지는 무대 왼쪽 공간 <태용문고>의 책장 사이로 등장하여
책장에 꽂힌 오래된 책들을 태연하게 뒤적이고 있다.*

재엽   저는 어릴 적부터 장교로 군복무 중인 아버지의 옛 사진들
을 가족앨범에서 보아 왔기에 아버지께서는 포병 장교 출

신이라는 것, 대위로 제대를 하셨다는 것, 그리고 전쟁 중에 용감히 싸웠을 것이라고 믿고 있었습니다.

> *조명의 변화와 함께 청년과 소년이 황급히 달려 들어온다.*
> *청년은 철모에 선글라스를, 소년은 창이 달린 모자에*
> *선글라스를 끼고 있다.*
> *소년의 모자에는 계급 표시로 별이 하나 달려 있다.*

청년 　내 육군종합학교에서 소위로 임관하고 나서, 광주의 포병학교로 교육받으러 보내졌는데, 거기 가니까, 박정희가 떡하니 와 있더라.

재엽 　예?

소년 　세상은 다 썩었다, 썩었어! 더럽다, 더러버!

아버지 　아버지 그때 박정희 두 번째로 봤다. 마사오가 마사오를 또 만났지.

청년 　거 참, 희한했지. 우리 살던 고향에선 사람들 전부 다 박정희가 죽었는 줄 알았거든.

재엽 　왜요?

청년 　여순반란 사건 때 남로당인 게 발각돼가지고 빨갱이로 체포됐었잖아. 그래 가지고 곧바로 사형당한 줄 알았다고.

아버지 　그 빨갱이 사냥에도 살아남은 군인이 바로 이 분이시다.

> *무대 후면 영상에 별 하나를 달고 있는 장군 시절*
> *젊은 박정희의 모습이 비친다.*

재엽 　어떻게요?

아버지　자기랑 남로당 같이 했던 사람들 전부 다 일러바친 거야. 조직도까지 다 그려줬다고 하더라고. 물론, 살아남으려고 그랬겠지만, 인간적으로 좀 켕기는 짓을 한 셈이지. 아무튼 그렇게 협조를 하니까, 일제 때 만주국 장교 노릇 같이했던 선배들이 도와줘가지고 살아남을 수 있었던 거야. 그놈들 전부 다 독립운동가 괴롭히던 놈들인데 말이야. 한국전쟁 덕분에 한통속이 되어서 끝까지 살아남았지.

소년　마사오는 죽지 않아!

　　　　　　　　　　　　　갑작스럽게 전쟁의 포화소리가 들린다.
선글라스를 긴 소년이 군복에서 호루라기를 꺼내 급하게 불어댄다.
　　　　　　　선글라스를 끼고 흰 완장을 찬 반공청년단이
　　　　　　　　　　함께 호루라기를 불면서 들어온다.
우익청년들로 보이는 그들은 거대한 태극기를 휘날리면서 들어온다.
태극기의 손잡이 끝에는 커다란 손가락 총이 우스꽝스럽게 달려 있다.

소년　(손가락 총을 만들어 보이며) 너, 이게 뭔지 알아?

재엽　그게 뭔데요?

소년　빵! 빵! 총 아이가, 총!

재엽　그냥, 손가락인데요?

소년　그때는 이 손가락 총이 진짜 총보다 더 무서운 거였다.

재엽　그게 무슨 뜻이에요?

소년　(손가락 총으로 관객들을 향해 가리키며) 저기 저 사람, 저기 저 사람, 그리고 저기 저 사람……. 빨갱이다. 남로당 세포다. (관객에게 다가가) 아저씨, 좀 이상한데, 빨갱이 맞지요? 눈빛이 빨간데? 빵! 이래 손가락 총으로 쏴버리면, 끌고 가서 진짜 총으로 쏴버렸다. (총소리가 들린다) 내 목숨 살리려면, 남한테 손가락 총질을 해야 했다. 이래 완성된 게 바로 반공국가다. (선글라스를 벗으며) 제주도에서도 그랬고, 거창에서도 그랬고, 여수 순천에서도 그랬고, 노근리에서도 그랬다. 전국적으로 다 그랬다.

우익청년들이 호루라기를 위협적으로 불어댄다. 소년이 움찔한다.

소년　내 이래 말하면, 또 누가 나한테 손가락 총질할지도 모른다. 우리나라는 총은 불법이지만, 대신 손가락 총은 합법이 잖아? 일단 좀 께름칙하면, 한 방 쏘고 본다. 빵! 빵!(다시 울려 퍼지는 총소리)

청년　해방되고 조선 땅에 와서 조금 지내보니까 제일 무서운 게 남한테 손가락질 당하는 거였다. 손가락으로 누가 한 번 겨누기만 하면, 그 손가락질 당한 사람한테는 사람들이 발길을 끊더라니까. 가족들까지 전부 다.

소년　(관객들에게, 장난치듯) 빵! 니는 좌-빨! 니는 종-북! 니는 애국! 니는 태극기! 그런데 너는……. 뭐냐? 김정은 대변인이냐?

아버지　근데 말이지, 전쟁이 사람을 죽이기만 하는 줄 알았더니 사람을 살리기도 하더라고. 박정희는 전쟁 덕분에 다시 군인이 될 수 있었으니까. 그것도 소령 계급 그대로.

청년　그러다가 어느새 포병학교에서 보니까 별을 달고 있더라고.

재엽　아버지랑 박정희 전 대통령은 보통 인연이 아닌데요. 일본식 이름도 비슷한 데다가 여기 도서관에서도 이렇게 서로 마주보고 있잖아요.

아버지　이제 그만 봤으면 좋겠다.

　　　　　　　　　　　아버지, 책장 사이로 사라져버린다.

　　　　　　　　　　　청년이 박정희의 사진을 바라본다.

　　　　박정희 사진이 영상화면으로 회전하면서 어둠 속으로 사라진다.

　　　　　　　　　　　　　　　　암전.

1막 4장　　아버지의 연대기 (4)
1961년 봄, 서울 광화문 앞을 행진하다.

행진곡풍 음악과 함께 조명이 들어오면,
무대 후면의 영상화면으로 1961년 광화문 앞 거리와 3·1절 기념식 장면
이 펼쳐진다. 검은 모자와 작업복 차림의 국토개발요원 세 사람이
삽을 들고 들어온다.
서로 반갑게 맞이하며 악수를 나눈다. 재엽이 그들을 따라
무대로 들어온다.

재엽　　여기가 어딘가요?

요원1　　서울.

요원2　　광화문 앞.

재엽　　여기서 뭐 하고 계신 거예요?

요원3　　보면 몰라? 우리 다 같이 삽질하러 갈 준비하고 있잖아.

재엽　　삽질이요?

요원3   그럼. 이게 보통 삽이냐?

요원1   이게 바로 민주주의를 위한 삽이야.

요원2   이래 봬도 우리 국가고시 봐서 붙은 거라고.

재엽   네? 삽질할 사람들을 고시로 뽑아요?

요원123   그럼! 우린 대한민국의 공무원 공채 1기야. 음하하하.

요원1, 2, 3 함께 자랑스러운 웃음을 터뜨린다. 이때, 검은 작업복을 입은
　　　청년(아버지의 젊은 시절)이 삽을 들고 황급히 뛰어 들어온다.

청년   안녕하세요!

　　　　　　　먼저 와 있던 요원1, 2, 3과 반갑게 악수를 나눈다.

재엽   아버지, 공무원을 하셨어요?

청년   그럼. 아버지, 며칠 전까지 혜화동에 있는 서울대학교 문리
　　　　　　대에서 연수를 받았다. 사실 아버지, 포병장교로 제대하자
　　　　　　마자 여기 서울대학교에 시험을 한 번 봤었다.

재엽   그래서요?

청년   묻지 마라. 떨어졌다. 아하하. 그때 서울 광화문 거리를 걸으
　　　　　　면서 '아, 다시는 이 거리를 걸을 일이 없겠구나.' 싶었는데,
　　　　　　여기 이렇게 다시 와 보게 될 줄은 꿈에도 몰랐다. 재일교
　　　　　　포 2세가 한국에 온 지 15년 만에 대한민국 공무원이 되었
　　　　　　다, 이 말이다. 아하하하.

　　　다시 행진곡풍 음악이 들리면서 청년과 요원1, 2, 3이 삽으로 체조
동작을 선보이며 활기차게 국토건설사업에 대하여 브리핑을 시작한다.

요원1　1960년 4·19혁명으로 탄생한 장면 정부는 경제제일주의 정책의 일환으로 국토건설사업을 시행했지.

요원2　국토건설요원은 당시 대학졸업자 가운데 군복무를 마친 2천 명을 공개채용으로 뽑았는데, 무려 1만 명이나 지원했다고.

요원3　국토건설사업은 당시에 식량문제도 해결하고, 경제개발 5개년 계획의 토대를 세우는 정말 중요한 국가사업이었다.

청년　국토건설사업을 실질적으로 책임지고 운영했던 사람은 장준하 선생과 함석헌 선생을 비롯한 『사상계』의 편집위원들이었는데, 아버지 그때 연수받으면서 장준하 선생을 직접 만났다.

　　　　　무대 후면에 영상화면으로 장준하 선생의 모습이 슬라이드
장면으로 지나가고
선생의 생전의 육성도 함께 흐른다.
행진하던 청년과 요원1, 2, 3이 멈춰 서서 장준하 선생의
모습을 바라본다.

청년　사실 국가공무원이란 걸 처음으로 공개채용한 거라서 대학졸업생인 우리들은 사명감도 있었고, 꿈도 컸다. 장 선생은 우리들의 이런 마음을 알았는지 우리와 함께 기탄없이 의견을 나누기 시작했어. 서로의 소신도 피력하고 밤늦도록 빵조각도 함께 씹으면서 말이야. 내 태어나서 처음으로 윗사람한테서 존중받는다는 느낌을 받았다. 이게 바로 민주주의인가 싶더라. 장 선생은, 우리나라는 국가경제의 바

탕이 농촌이니만큼 당연히 농촌부터 일으켜야 된다고 했
지.

요원1　1960년 당시 우리들은 농촌 출신 친구들이 대부분이었어.

요원2　그랬기 때문에 부모와 고향을 생각할 때 농촌부터 먼저 개
발해야 한다는 장 선생의 생각에 누구나 가슴이 뜨거워지
면서 고개를 끄덕였어.

요원3　그래서 우리는 자발적으로 삽을 들었어!

　　　　　다시 행진곡풍 음악이 흐르기 시작하고, 청년과 요원1, 2, 3이
　　　　　　　　　　　　　　함께 구호를 외친다.

다함께　"도시에서 방황 말고, 고향으로 돌아가자!"

청년　2월 27일 수료식과 3월 1일 시가행진 뒤 우리들은 전국 각
지 현장으로 투입되어 장 선생의 국토건설사업을 진두지
휘했지. 장 선생은 바로 4·19세대인 우리들에게 국가의 미
래를 맡기고자 했던 거야.

다함께　"만세! 만세! 만세!"

　　　　　　그 순간, 날카로운 굉음과 함께 조명탄이 터지고,
　　　　　탱크 굴러가는 소리, 각양각색의 총소리, 군홧발 소리 등의
　　　　　　　　　　　　　　소음이 들려온다.
　　　　　조명탄과 전쟁소음이 앞서 있었던 전시상황을 연상시키지만,
　　　　　　　　　　5·16 군사쿠데타를 의미하는 빛과 소리로
　　　　　조금 더 은밀하고, 조금 더 갑작스러우며, 조금 더 공포스럽다.
　　　　　　　동시에 무대 후면의 영상 이미지에도 균열이 일어난다.
　　　　　공중에서 낙하하는 검은 종이 몇 장. 호외기사가 실려 있다.

〈태용문고〉 공간에서 아버지와 소년이 서서히 등장한다.
동시에 균열을 일으키던 장준하 선생의 영상 이미지는 찢겨 나가고,
5·16 군사쿠데타를 일으킨 박정희의 이미지가 강력하게 나타난다.

요원1 (호외를 집어들고는) 이것 봐! 군사혁명이 일어났대!

요원2 근데 이게 진짜 혁명이야, 아니면 쿠데타야?

청년 ······.

아버지 아버지 그때 박정희 세 번째로 봤다. 여기는 고향땅도 아니고, 군대도 아닌데 말이야.

소년 세 번째는 직접 본 것도 아닌데, 직접 본 것보다도 더 생생했다.

아버지와 소년, 박정희 영상 이미지를 바라보고는 곧바로 퇴장한다.

요원3 군사혁명위원회가 벌써 우리 국도건설본부를 접수했나본데······.

요원1 (삽을 내려놓으며) 나는 고향으로 돌아가야겠다.

요원2 어째서?

요원1 우릴 뽑아준 정부가 무너졌으니, 우리도 함께 그만두는 게 옳지 않겠어?

요원2 하긴 군인들 세상에서 괜히 버티다가 다칠 수도 있겠구나. 그럼 나도 간다.

요원3 아이 쒸이. 내가 어떻게 공부해서 붙은 시험인데······.

청년 잠깐만요.

요원1 태용 씨, 우리 먼저 갈게. 자기는 고향이 대구라 그랬지? 나는 경기도 파주니까, 우리 반대 방향이네.

청년   (차마 말이 떨어지지 않는다) 예에…….

요원2   우리 마지막으로 악수나 한 번 합시다.

> 손을 내미는 요원2. 청년, 손을 붙잡다가 끝내 울음을 터뜨린다.

요원1   어허. 사람 맘 약하게시리.

요원3   아이, 진짜 안 울려고 그랬는데…….

요원2   우리 다시 광화문 앞에서 보란 듯이 행진 한 번 하자고!

> 청년, 요원1, 2, 3과 서로 부둥켜안고 운다.

청년   그동안 정말 고마웠습니다. 나중에 서울에 올라오면 꼭 찾아갈게요. 안녕히 가세요. 안녕히.

> 요원1, 2, 3 서로 아쉬워하는 작별인사를 하고 나간다.
> 홀로 남은 청년이 안타까움 속에 삽을 집어 들고
> 혼자서 부질없는 삽질을 열심히 반복한다.
> 호외를 들춰보며 괴로워하다 주저앉는다.
> 지켜보던 재엽이 청년 곁으로 다가온다.

재엽   아버지는 군인들이 득세하는 시대의 서막을 보면서 어쩌면 자신이 이 시대와 어울리지 않는다는 사실을 예감하고 있었는지도 모릅니다.

> 청년이 끝내 삽을 들고 힘없이 무대 밖으로 나가버린다.
> 재엽, 그런 청년의 모습을 바라본다.

재엽   그런데 이게 또 웬일일까요? 쿠데타가 발생한 지 보름이 지
       난 6월 1일, 아버지는 군사혁명위원회에 의해서 경북대학
       교 사무국 서기로 발령을 받게 됩니다. 하지만 아버지는 모
       교로 돌아온 상황에 대해 그다지 탐탁지 않았던 것으로
       보입니다.

           순간 청년이 양복 상의를 걸쳐 입으면서 등장한다.
           넥타이를 고쳐 매면서 <태용문고> 공간을 향해 걸어간다.

재엽   그래서인지 아버지는 근무지인 대학 사무국보다는 대학
       도서관에 앉아 계신 시간이 많았다고 합니다. 특히, 장준
       하 선생이 발행하는 월간 『사상계』가 들어오는 날이면,
       미리부터 정기간행물 코너에서 기다리고 계셨답니다.

               청년이 자그만 책상에 걸터앉아 있다.
           책상 위에는 월간 『사상계』가 산처럼 쌓여 있다.
       영상화면으로 월간 『사상계』의 표지와 본문 이미지가 지나간다.

청년   (책을 한 권씩 급히 훑으면서) '5·16혁명과 민족의 진로!' '5
       ·16정변을 어떻게 볼 것인가!' '군정의 영원한 종말을 위하
       여!'
재엽   1963년 군복을 벗은 박정희는 드디어 대통령의 자리에 오
       릅니다.
청년   나도 더 이상 탐탁지도 않은 이놈의 국가공무원 생활에 종
       지부를 찍을란다. 자, 사표다!

청년, 사표를 꺼내 책상 위에 강하게 내려놓는다.
순간 갓난아기 울음소리가 크게 들려온다.
조명이 변하면서 청년이 재엽에게 말을 건넨다.

청년 그러고 나서 네 형, 재진이 태어났다. 내가 진짜로 아버지가
됐다 이 말이지. (무대 뒤로 들어가며)

청년이 <태용·문고> 공간 뒤로 나가면서 계속 대사를 하면,
동시에 <아버지의 방> 공간에서 아버지의 목소리가 함께
겹쳐져서 들려온다.
동시에 아기 울음소리 뚝 그친다.

청년 그만 울어라. 그만 울어…….
아버지 아이고 우리 재진이, 우는 것도 똑 부러지네. 그만 울
어…….

암전 없이, 곧바로 다음 장면으로 이어진다.

1막 5장　　막간극 : 형이 기억하는 아버지
신세계백화점의 장난감 총, 김대중의 유세,
그리고 동아일보

아버지가 <아버지의 방> 공간 뒤에서 자전거를 끌고 나온다.

아버지　재진아, 재진이 어디 있니?

소년재진 네, 아버지.

소년 재진이 장난감 총을 차고 따라 들어온다.

아버지　재진아, 아버지 학교 갔다 올게. 그동안 엄마 말씀 잘 듣고,
　　　　잘 놀고, 놀다 지치면, 아버지가 학교 등사기로 밀어준 한글
　　　　교본 있지? 그거 함 써봐. 웬만하면 만화방 같은 데 가지 말
　　　　고. 알겠지?

소년재진 네, 안녕히 다녀오세요.

소년 재진이 꾸벅 인사한다. 아버지가 나간다.

소년재진 (재엽에게 다가와) 이제부터 내가 네 형이다. 알겠지?

재엽 아, 네에. 혹시 지금 몇 살이세요?

소년재진 여섯 살. 1969년이니까, 너는 아직 생기지도 않았어.

재엽 네에…….

소년재진 아! 심심해. 뭐하고 놀지.

소년 재진이 장난감 총을 작동해서 드르륵 소리를 낸다.

소년재진 이거 고장 나서 소리도 제대로 안 나는 건데.

재엽 그 총 어디서 났어요?

소년재진 아버지가 사다 줬다. 지난 여름방학 때 아버지 서울 갔다 왔거든.

재엽 일제네요. 내셔널.

영상화면으로 권총의 이미지와 국가를 의미하는 영어표기(National)가 선명하게 보인다.

소년재진 우리 형편에 안 맞지만, 아버지는 일본 물건 되게 좋아한다. 우리 집에 테레비도 없던 시절인데, 이런 비싼 총을 다 사다 줬다. 아부지랑 안 어울리게.

재엽 그렇네요.

소년재진 그것도 서울의 신세계백화점에서 사왔다고 하더라고. 아버지 그날 한여름 땡볕에 서울의 광화문 거리를 땀 뻘뻘 흘리면서 돌아다녔다 하시더라고.

재엽　광화문 거리를요? 왜요?

소년재진 옛날에 아버지가 시험봐서 뽑혀 서울 광화문 거리에서 시가행진도 하고 그랬다데……. 글쎄. 그거랑 이 내셔널 권총이랑 무슨 상관이 있을라나……. 근데, 너도 나만할 때 아버지가 이렇게 학교 등사기로 한글교본 밀어 와서 숙제 내주고 그랬냐?

재엽　저는 이런 적 없었는데요.

소년재진 (어이없어하며) 음하하하. 이런 적 없어? 이거 봐. 미치겠다. 나는 아직 한글도 안 뗐는데, 한자도 써보라 하신다.

재엽　아무래도 형이 맏이다 보니까 각별히 신경을 쓰신 거 같네요.

소년재진 그럼 너는 한글을 어떻게 뗐는데?

재엽　음……. 저는 『소년중앙』이랑 『어깨동무』 같은 만화잡지 보면서 익히기 시작한 거 같은데요.

소년재진 와아, 이건 아니지. 아까 아버지 하신 말씀 들었지? 나는 만화방도 가지 마라 그랬는데, 왜 니는 만화책 보여주면서 한글 떼게 하는데?

재엽　제가 막내다 보니까, 약간의 특혜가 있었나 봅니다.

소년재진 약간이 아닌데?

재엽　그래도 아버지 교육열 덕분에 형님께서 뭔가 학습효과를 얻은 것도 있지 않았을까요?

소년재진 글쎄. 하긴! 아버지가 한자를 쓰게 한 덕분에 내가 일찍부터 한자를 한 글자씩 읽기 시작했지. 물론 간단한 글자였지만 말이야.

재엽　그게 무슨 글자였어요?

소년재진 김(金). 대(大). 중(中).

재엽　네?

소년재진 내가 세상에서 제일 처음으로 읽어낸 한자가 바로 '김대중'
　　　　이었다. 국민학교 1학년 땐가 골목마다 선거 벽보가 붙어
　　　　있었거든.

재엽　그해 무슨 선거가 있었나요?

소년재진 맞다. 대통령 선거였다.

　　　　　　　　　　　아버지가 다시 자전거를 끌고 들어온다.

아버지　재진아, 재진이 어딨니?

소년재진 네, 아버지.

아버지　오늘 학교 숙제는 다 했니?

소년재진 쪼금 남았는데, 금방 다 할 수 있어요.

아버지　그러면 그거 나중에 하고, 얼른 아버지 따라와 봐.

소년재진 어디요?

아버지　따라와 보면 알아.

　　　　　　　　　　아버지가 앞장서고, 소년 재진이 따라간다.

소년재진 아버지가 그날 나를 데리고 간 곳은 수성 천변이었다. 거기
　　　　가 어딘가 하면 서울로 말하면 한강 고수부지 같은 데라.
　　　　가보니까 사람이 진짜 억수로 많은 거야. 내 태어나서 그렇
　　　　게 많은 인간들이 모인 거는 본 적이 없다. 내 거기서 김대
　　　　중 첨 봤다.

　　　　　　　　　무대 후면에 영상으로 당시 대구 신천변을 배경으로

제7대 대통령 선거 유세현장 자료 사진이 지나간다.
유세현장의 육성이 담긴 사람들의 함성소리도 곁들여진다.
아버지와 소년 재진이 영상화면을 향해 다가가 한참을 바라본다.

재엽 1971년 아버지께서는 제7대 대통령 선거 유세장을 직접 찾
아가셨습니다. 그것도 이제 막 국민학교 일 학년이 된 아들
을 데리고서 말입니다. 무엇보다 놀라웠던 것은 대구지역
에서, 김대중 후보의 유세현장에 사람들이 그렇게 많이 모
였다는 사실이었습니다. 김대중 후보가 인기를 얻게 되자,
박정희 후보의 유세장에서도 가만히 있지는 않았겠죠?

무대 반대편으로 영남정치인들이 등장한다. 그들과 함께 선거운동원이
해병대 군복에 선글라스를 끼고 태극기를 흔들면서 들어온다.

영남정치인1 대구시민 여러분, 경상도 대통령을 뽑지 않으면 우리 영남
인은 개밥에 도토리 신세가 됩니다.

영남정치인2 박 대통령은 경상도 대통령 아이가. 우리가 남이가.

선거운동원 한 번 티케이(TK)면, 영원한 티케이(TK)다!

영남정치인1 1천만 경상도가 단결만 하면 선거에 조금도 질 염려가 없
습니다. 이 선거는 경상도와 전라도의 싸움입니다. 근데 경
상도에서 쌀밥에 겨가 섞여 나오듯이 전라도 표가 섞여 나
오면 되겠습니까?

영남정치인2 대구시민 여러분, 김대중 후보가 정권을 잡으면 경상도 전
역에 피의 보복이 있을 겁니다. 경상도 출신 공무원들은
전부 모가지가 날아갈 거니까, 공무원 가족 여러분 알아
서들 하이소.

선거운동원   내년 4월에는 진짜 죽기 살기로 투표해야 합니다! 대한
민국의 운명이 걸려 있어요! 다들 아시죠?

*구슬픈 음악과 함께, 영남정치인들과 선거운동원이 갑자기 태도를
바꾸어 바닥에 납작 엎드린다.*

영남정치인1   이번이 진짜 마지막입니다……
영남정치인2   다시는 표 달라 안 할 겁니다……
선거운동원   사나이 눈물로 약속합니다……

*영남정치인들과 선거운동원이 다시 "박정희, 공화당!"을 외치며
더욱 의기양양하게 나간다.*

재엽   그때나 지금이나 경상도의 힘은 한 나라의 지도자를 뽑
는데, 이렇게 결정적인 역할을 합니다. 그때 그 선거에서
아버지는 과연 누구에게 표를 던졌을까요?
아버지   그때 그 선거에서 아버지가 기억에 남는 게 하나 있다. 박
정희가 유세를 하면서 "이번에 한번만 표를 주시면 더 이
상 여러분들께 표를 달라고 하지 않겠습니다"라고 눈물
로 호소를 하더라고. 부산에서도 그랬고, 서울에서도 그
랬다. 그렇게 해서 세 번째로 대통령이 되더니만 정말로
그 약속을 지키더라고. 표를 달라고 할 필요가 없게 아
예 선거를 없애버렸으니까.

*영상화면으로 유신헌법 담화문 발표가 지나간다.
이때, 신문팔이가 지나간다.*

신문팔이 신문이요, 신문. 유신헌법 담화문 전문이 실려 있습니다.

아버지 너, 유신헌법이 뭔지 아니?

소년재진 담임선생님이 말씀하시던데요. 앞으로 유신이라는 말 들어 있는 벽보 보면, 절대로 뜯거나 낙서하지 말라고요. 걸리면 잡혀간대요.

아버지 그래. 그러면 큰일 난다.

신문팔이 신문이요, 신문!

아버지 (신문팔이에게) 신문!

신문팔이 (신문을 꺼내주며) 네, 여기 있습니다.

아버지 아니, 이거 말고. 그걸로.

신문팔이, 건네려던 신문을 다른 신문으로 교체한다.

소년재진 아버지, 이거 '동아'일보지요? '동쪽' 할 때 '동' 자, '아세아' 할 때 '아' 자, 맞지요?

아버지 그래, 맞다.

소년재진 이건 '조선'일보!

아버지 우리 재진이, 한자 많이 아네. (신문팔이에게 동전을 건넨다)

신문팔이 (퇴장하며) 주간조선, 석간동아!

아버지, 동아일보를 읽으면서 나간다.
그 모습을 바라보던 소년 재진, 재엽에게 말을 건넨다.

소년재진 동아일보 보시던 아버지를 생각하면, 조선일보만 보시던 큰아버지가 생각 나.

무대 후면에서 조선일보를 펼쳐든 큰아버지가 서서히 걸어 들어온다.

소년재진 그게 언제였더라. 선거 끝나고 얼마 안 가서 큰집에 제사지
　　　　내러 갔던 기억이 나는데, 아마 할아버지 기일이었을 거야.
　　　　(큰아버지에게 다가가) 큰아버지, 안녕하세요?

큰아버지 그래, 재진이 왔나?

소년재진 네.

사촌형님이 아주 자그만 제사상을 내어온다.
이때, 아버지가 여전히 동아일보를 펼쳐들고 무대 안으로 들어온다.
사촌형님이 방석을 깔아주면 아버지와 큰아버지가 신문을
놓고 자리에 선다.

큰아버지 왔나?

아버지　왔습니다.

큰아버지 별일 없제?

아버지　별일 없습니다.

사촌형님 재진아, 이거 좀 받아라.

소년재진 네, 형님.

소년 재진, 사촌형님에게 제사상을 건네받는다.

소년재진 생각해 보면, 아버지랑 큰아버지랑 참 우애가 깊었다. 그럴
　　　　수밖에. 두 사람한테는 두 사람밖에 없었으니까. 할아버지

일찍 돌아가시고, 홀어머니 아래서 태평양 전쟁, 한국전쟁 다 겪었잖아. 재일교포 2세가 한국식으로 제사 한번 거르지도 않고, 조상도 잘 모시고.

큰아버지 제사 지내자.

사촌형님 네.

큰아버지 절하자.

　　　　　　　다들 절하려고 엎드리는 자세를 취한다.

사촌형님 (의연하게) 아버지, 지난 추석 때는 잔부터 올렸던 거 같은데요.

큰아버지 (멈칫하며) 맞나?

　　　　　　　큰아버지, 아버지를 바라보지만, 아버지 또한 확신이 없다.

아버지 　형님, 소신껏 하시죠.

큰아버지 흠, 오늘은 절부터 하자.

　　　　　　　다들 절한다. 절과 동시에 제사가 끝난다.

큰아버지 제사 끝.

　　　　큰아버지는 보시던 신문을 슬쩍 보여주며 친근하게 말을 건넨다.

큰아버지 니, 신문 봤제? 중앙정보부에서 작성한 신상기록 말이다. 김대중이 그거 순 빨갱이였다 카더라.

아버지　어째서요?

큰아버지　6·25 때 보도연맹에 가입해가 예비검속 때 잡히가 총살대
상이었다꼬.

아버지　보도연맹 그거 순 엉터리라고 하지 않습니까. 마을마다 할
당량이 있어서 머릿수 채우려고 아무한테나 쌀 나눠주면
서 '내 빨갱이였다'하고 사인하라고 했다지 않습니까.

큰아버지　그거는 무식한 시골 사람들 중에 일부 그런 실수가 있었다
카는 거지.

아버지　그렇게 따지고 보면, 보도연맹이라는 게 인제 더 이상 빨갱
이 안 하고, 자유대한민국의 품으로 돌아오겠다고 맹세하
는 건데, 그걸 빌미로 해서 빨갱이라고 몰아붙이면, 이건 겉
과 속이 다른 거지요. 전국에서 30만 명이나 가입시켜놓고,
이거는 나라에서 완전히 사기 친 거 아닙니까, 사기?

큰아버지　김대중이 그래도 보도연맹에 가입한 경력은 확실하다 안
하나.

아버지　김대중이 대한청년단 간부도 했는데요. 그것도 빼놓으면
안 되지요. 대한청년단이 뭡니까. 이승만이가 빨갱이 때려
잡으라고 만든 우익단체 아닙니까. 그냥 우익도 아니죠, 극
우지요. 극우.

큰아버지　아무리 그래도 빨갱이 경력이 조금이라도 있으니까, 감추
려고 일부러 한 거다. 다 그랬던 거다. 아니 땐 굴뚝에 연기
나나? 우째 되었든 전라도는 믿을 수 없다 아이가.

아버지　뭐 그렇게 따지고 보면, 박정희도 마찬가지죠. 남로당 간부
까지 했잖습니까. 우리 어릴 때 구미에서 다 봤잖아요.

큰아버지　(서서히 화를 내며) 김대중이 얘기하는데 박 대통령 얘기
가 와 나오노?

아버지　(맞서며) 신문에 다 나온 겁니다. 인제 사람들 다 아는 거예요.

　　　　　　　　아버지가 자기가 보던 신문을 큰아버지에게 내민다.
　　　　　큰아버지는 자기가 보던 신문을 잠시 내려놓고 아버지의 신문을
　　　　　　　　　　　　　　　　　　　　슬쩍 쳐다본다.

큰아버지　(언성을 높이며 핀잔을 준다) 니 뭐 그런 거 보노?
아버지　(말없이 신문을 거둔다)……

　　　　　　　　큰아버지와 아버지 사이에 묘한 긴장이 흐른다.
　　　　　　　　　　두 사람 일시적으로 굳어버린다.

소년재진 아버지는 그 시절에 맨날 '동아일보'만 봤다. 우리도 '소년
　　　　동아일보'만 구독해줬고. 달마다 『월간 신동아』도 빼먹지
　　　　않으셨지. 근데 큰아버지는 한평생 '조선일보'만 봤다. 달마
　　　　다 『월간 조선』도 빼먹지 않으셨지.
재엽　　근데, '조선'이나 '동아'나 똑같은 신문 아니에요?
소년재진 지금은 믿기지 않겠지만, 옛날에는 아주 다른 신문이었다.

　　　큰아버지와 아버지는 각자 자신이 구독하는 신문을 뒤적거리면서
　　　　　　　　　　　　잠시 냉전이 흐른다.

큰아버지 흠……
아버지　음……
큰아버지 흠…… 흠……

아버지 (주머니에서 카세트테이프를 꺼내주며) 형님, 혹시 이거 한
번 들어보실라우?

큰아버지 뭔데? 어? 미소라 히바리(美空ひばり, 쇼와시대 일본의 유
명한 한국계 엔카가수) 거네. 이거 어디서 구했노?

아버지 대구 역전에 제가 잘 가는 헌책방이 있는데요, 그 집 주인
이 구해났더라고요. 음질이 괜찮을라나 모르겠네요.

큰아버지 괜찮겠지. 갖고 와 바라. 함 들어보자.

사촌형님이 카세트 플레이어를 가져와서 직접 작동시킨다.
엔카 <카와노 나가레노 요우니(川の流れのように)>가 흘러나온다.
큰아버지와 아버지는 옛 추억에 잠기면서 서로 마주보며
노래를 읊조린다.
무대 후면의 영상 자막으로 우리말 노래 가사가 지나간다.

모르는 사이 걸어온 좁고도 긴 이 길
뒤돌아보면 아득히 먼 고향이 보여
움푹짐푹한 길과 꼬불꼬불한 길
지도조차 없는 그것 또한 인생
아아 강물의 흐름처럼 느릿하게
여러 번 시대는 흐르고
아아 강물의 흐름처럼 끝없이
하늘이 황혼으로 물들 뿐
아아 강물의 흐름처럼 평온하게
이 몸을 맡기고 있고 싶어
아아 강물의 흐름처럼 언제까지나
파란 물 흐르는 소리 들으면서

어느새 화해하면서 엔카를 따라 부르는 아버지와 큰아버지.

조명 서서히 어두워진다.

암전.

1막 6장　　아버지의 연대기 (5)
1975년 대구역 헌책방 거리에서 길을 잃다

조명이 들어오면, 재엽이 <태용문고>의 책장 사이에서 등장한다.

외국어 원서로 된 헌책들을 뒤적거리면서 이야기를 시작한다.

재엽　오래된 책들 가운데 아버지는 철 지난 외국잡지를 모으는
것도 빼놓지 않으셨습니다. 특히, 교양 있는 영미권 사람들
의 '좋은 생각'들을 요약해 놓은 잡지 『리더스 다이제스트
(Reader's Digest)』를 즐겨보셨습니다.

이때, 헌책방 주인과 점원이 들어온다.

외국 잡지책을 뒤적이면서 리더스 다이제스트를 들고 있는

재엽을 발견한다.

책방주인 김군아, 간판 똑바로 걸렸나 다시 함 봐봐라.

점원 예, 알겠심더.

> *점원이 '대구 역전 굴다리 헌책방'이라고 적힌 간판을 똑바로*
> *단다.*
> *점원과 책방주인이 책장의 위치를 변화시키면, 무대는*
> *헌책방으로 전환된다.*
> *이때, 아버지가 자전거를 끌고 등장한다.*

재엽 아버지는 어머니가 싸주신 도시락을 챙겨서 자전거를 타고 출퇴근하실 정도로 성실하고 검소하셨습니다. 그런 아버지가 가끔 약간의 낭비벽을 보이실 때가 있었는데, 그날은 여지없이 헌책방에 들르신 날이었습니다.

> *아버지는 자전거를 세워 놓고는 책방 안으로 들어간다.*

아버지 안녕하십니까?

책방주인 김 선생님, 오셨습니까?

아버지 아, 예.

책방주인 아, 맞다. 김 선생님요. 잠시만 제가 부탁 좀 드려도 될까요?

아버지 그러시죠, 뭔데요?

> *책방주인이 점원에게 손짓을 하며 뭔가를 주문한다.*

책방주인 김군아, 그거 일로 함 갖고 와 봐라.

점원 예에.

점원이 헌책꾸러미가 들어 있는 박스를 들고 온다.
그 안에서 책들을 꺼낸다. 모두 다 일본서적이다.

책방주인 어제 저녁에 어떤 아재한테 김군 쟈가 제대로 보지도 않고 박스째로 책을 사들여 놨다 아입니까.

점원 보긴 봤습니다. 뭔 말인지 몰라 그렇지.

책방주인 근데, 아침에 뜯어보니까 전부 다 이래 일본어로 된 책이더라, 이 말이지예.

점원 사장님이 일본어로 된 책이 훨씬 더 비싸게 팔 수 있다 안 습니꺼.

책방주인 시끄럽다. 김 선생님, 이 책들이 무슨 책인지 함 봐 주이소.

점원이 박스 안에서 헌책꾸러미를 꺼낸다.
책방주인이 한 권씩 건네준다.

아버지 이건 '고바야시 다키지(小林多喜二)'라는 사람이 썼네요. '카니코센(かにこうせん)'. '해공선(蟹工船, 게공선)' 소설책입니다.

책방주인 아, 소설이면 찾는 사람도 있겠네.

책방주인이 책을 챙겨둔다. 다른 헌책을 꺼내서 보여준다.

아버지 이건 '고토쿠 슈스이(幸德秋水)'라는 사람이 썼습니다. (책 속에 끼어 있는 편지를 발견하고는) 정치학과 4학년, 백종철……

책방주인 근데, 그 책 제목이 뭐라예?

아버지   (책 표지를 보며) '나는 사회주의자다.'

책방주인 사회주의자? (겁을 먹고는) 뭐라카노? 내 이럴 줄 알았다! 이
       거 순 빨갱이 책들인가 보네! (점원에게) 야, 이거 큰 난다. 이
       거 얼른 치아라!

       아버지가 책 속에 끼어 있던 편지를 다시 집어넣는다.
       점원이 헌책을 박스 안에 넣고 보이지 않게 치워둔다.
       책방주인이 오래된 라디오를 켠다. 치직거리는 잡음이 들린다.

책방주인 아, 이거 고물이 다 돼갔고. (라디오를 두드리며)

       치직거리는 잡음과 함께 곧이어 라디오 뉴스가 나온다.

뉴스앵커 어제 4월 9일 새벽 4시를 기해서 반국가단체인 인민혁명당
       사건 관련자 8명의 사형이 집행되었습니다. 서도원, 도예종,
       송상진, 우홍선, 하재완, 이수병, 김용원, 여정남 이들 8명은
       유신헌법에 반대하는 민청학련 사건의 배후로서, 헌정질
       서를 파괴하고 국가 전복의 음모를 꾀한 죄로 4월 8일 대법
       원에서 사형이 확정된 바 있습니다.

       라디오 뉴스 도중 다시 치직거리는 소음이 들려온다.

책방주인 (놀라서 라디오를 끄며) 지금 뭐라고 했노? 사형집행이라
       했나?

점원   그런 거 같은데예.

책방주인 아니, 대법원에서 판결나고 그 다음날 바로 쥑있다꼬?

점원　　　그래 들었는데예.

책방주인　김 선생님요, 법이라 카는 기 원래 그런 깁니꺼?

아버지　　아, 저는⋯⋯. 법은 잘 몰라서⋯⋯.

책방주인　우짜노. 이거 우짜노.

점원　　　와예?

책방주인　김 군아, 니 여정남이 모르나? 경대 학생회장 했던 정치학과 정남이. 우리 책방에도 자주 왔었데이.

점원　　　(다시 놀라며) 어! 사장님요. 그라면 정남이 가가 가, 간첩⋯⋯.

책방주인　(점원의 입을 막으며) 니, 조용히 해라! 누가 들으믄 우짤라고⋯⋯.

점원　　　(소리 죽이며) 뉴스 같은 데 나오는 빨갱이가 내 아는 사람인 줄은 꿈에도 생각 못 했심더. 우째 이런 일이⋯⋯.

책방주인　야, 니 아까 그 책들 얼른 다 없애라. 불태워버리라.

　　　　　　　　　　점원, 헌책이 든 박스를 들고 나가버린다.
　　　　　　　　이때, 부부로 보이는 아주머니와 아저씨가 황급히 들어온다.

아주머니　여기, 여기가 맞아예?

아저씨　　(둘러보며) 맞다. (책방주인에게) 제가 어젯밤에 우리 아 책들을 박스 안에 넣어가 여기 책방에 처분했심더. 홧김에 다 없애버릴라고.

아주머니　아저씨, 그 책들 다시 좀 찾아주이소. 우리 종철이가 아껴보던 책들입니다.

아버지　　혹시, 아드님이 보던 책이 일본어로 된 책입니까?

아주머니　예, 맞심더. 우리 종철이 거라예.

책방주인 에헤이, 이거 우짜노. 김군아! 김군아! 니 어데 있노?

책방주인, 부리나케 달려나간다.

아저씨 그기마 집안을 말아먹을 놈이라, 어데 할 짓이 없어가 빨갱이 짓을 하고 있노!

아주머니 (아저씨를 치며) 빨갱이 아이라니까예! 우리 아가 어데 그런 짓을 할 아아가 아이라예!

아저씨 니 뉴스 못 봤나? 여정남이 재판하자마자 세상 사람들 몰래 쥑이가 저그 식구들한테 물어보지도 않고 뼛가루로 돌리주는 세상이다.

아주머니 아이고, 종철아. 종철아…….

책방주인과 점원이 어두운 표정으로 헌책이 든 박스를 안고 들어온다.

아버지 저기 아드님 책 가지고 오시네요.

아주머니 참말로 고맙심더. 우리 종철이 책 이래 찾아주시고.

책방주인 아, 그런데……. 그게…….

아저씨가 헌책이 담긴 박스를 받아서 의자 위에 놓고는 책을 꺼내 본다.
반쯤 타다 남은 책들이 다 그을려 있다.

점원 사장님이 태워버리라 캐서, 지가 막 태웠심더.

아주머니 (불타버린 책을 애써 품으며) 우야꼬. 우짜면 좋노. 우리 종철이가 알면 얼마나 섭섭하겠노.

책방주인 요즘 같은 세상에 그런 빨갱이 책 들여놨다가는…….

아버지　(말을 끊으며) 잠깐만요. 아까 여기 보니까 편지 같은 게 있던데…….

　　　　　아버지가 불에 탄 책이 담긴 박스 안을 뒤적거린다.
　　　　약간 그을린 책을 찾아내 그 안에 담긴 편지를 꺼낸다.
　　　　편지 끝만 그을렸을 뿐 편지는 무사해 보인다.
　　　　　　　아버지, 아주머니에게 편지를 건넨다.

아주머니　(편지를 받으며) 이래, 이래 고마울 데가…….(연신 절을 하면서) 아이고, 고맙습니다. 고맙습니다.

　　　　　아저씨가 불타버린 헌 책 박스를 들고 일어난다.
　　　아주머니와 아저씨, 그저 묵묵히 고개를 숙이며 인사를 하고는
　　　　　　　　책방 밖으로 나간다.

아저씨　어, 얼른 펴 봐라.

　　　아주머니가 편지를 펼치자, 아저씨가 바싹 붙어서 함께 읽는다.
　　　　　아버지, 아주머니와 아저씨를 측은하게 바라본다.

아주머니　"어머니, 잘 계시죠? 아버지도 건강하시고요. 저도 잘 있습니다. 지난 겨울방학 때 집에 내려갔다가 데모한다고 아버지한테 대들고 야단맞았던 거 마음에 남아서 죄송하게 생각하고 있습니다. 제가 잘못했다고 아버지한테 꼭 전해주십시오. 다시는 걱정 끼치지 않겠습니다. 약속드립니다……."

아주머니, 울먹이며 더 이상 편지를 읽지 못한다.
아저씨, 편지를 반복해서 들여다본다.

아저씨　(눈시울이 뜨거워지며) 짜슥이, 지키지도 못할 약속을, 이
래 함부로 막 하고 그라노…….

아주머니는 눈물을 애써 참으며, 편지를 몇 번이고 쓰다듬는다.

아주머니　종철아, 그래. 우리 종철이 이래 맘이 착하다. 누가 뭐라해
도, 우리 종철이는 잘못한 거 없다. 종철아, 얼른 돌아온네
이. 꼭 돌아온네이…….

아저씨　고마 가자.

아버지, 아주머니와 아저씨의 멀어지는 뒷모습을 바라본다.
아버지, 잠시 책을 둘러보다가 몇 권을 골라 책방주인에게 내민다.

아버지　사장님, 여기…….

책방주인　아휴, 오늘은 좀 많네요. 다이제스트 세 권하고, 이거는 불
어 책인데, 김 선생님 불어도 하십니꺼?

아버지　아니요. 사전 찾아가면서 맛만 조금 보려고요.

책방주인　이거 소설이라 카던데, 제목이 머라예?

아버지　'레미제라블(Les Misérables)'입니다.

책방주인　레미제…….

아버지　장발장 이야기입니다.

점원　아, 장발장!

책방주인 아, 알지요, 장발장!

> 책방주인이 아버지가 내놓은 헌책들의 값을 매긴다.
> 아버지, 자전거를 타고 책방을 나선다.

재엽   영어와 일본어에서 시작된 아버지의 외국어 사랑은 점차
       프랑스어, 독일어, 스페인어로 확장되었습니다.

 아버지는 구입한 헌책을 챙기고는 자전거를 타고 무대 밖으로 나간다.

재엽   아버지는 외국서적에 대한 알 수 없는 열망으로 대구시청
       과 대구역 굴다리와 이따금 부산의 보수동, 서울의 청계천
       으로 원정을 떠나는 헌책방 순례에 몰두했습니다.

> 아버지가 다시 자전거를 타고 들어온다.
> 그동안 책방주인과 점원이 다시 등장하여
> 새로운 일제 카세트 플레이어를 책상 위에 올려놓는다.
> 아버지가 헌책방 앞에서 자전거를 내린다.

책방주인 아, 덥다 더버. 땀 봐라, 땀. 찝찝해.
아버지   안녕하십니까. 사장님, 또 왔습니다.
책방주인 아이고, 김 선생님 오셨습니꺼? 식사는 했습니꺼?
아버지   아, 예 학교에서 먹고 왔습니다.
책방주인 참 김 선생님, 이번에 지가 큰맘 먹고 일제 라디오 샀다 아
       입니꺼.
점원   (라디오를 보여주며) 사장님이 양키시장 뒷골목에서 젤로

비싼 걸로 샀다 아입니까. 이게예, 라디오도 되고, 테이프도 돌아가는 카세트라예.

아버지   교동시장에서 사셨군요. 거기 물건이 아주 좋더라구요.

책방주인 일제 아입니꺼. 일제.

점원   소니.

책방주인 예. 함 들어볼까예?

> *책방주인이 라디오를 작동시킨다.*
> *잡음이 들리자마자 곧바로 트로트 음악이 잡힌다.*

아버지   정말 잘 나오네요. 나도 하나 갖고 싶네.

> *아버지는 관심 있는 책을 찾아 이리저리 뒤적인다.*

책방주인 그뿐만이 아니라예. 뉴스를 틀면 아나운서가 바로 옆에서 막 지껄이는 것처럼 억수로 깨끗하게 들립니다. 함 들어볼 까예?

> *책방주인이 라디오 주파수를 이리저리 맞춰본다.*
> *잡음이 들리다가 곧바로 뉴스앵커의 목소리가 들린다.*

뉴스앵커 월간 사상계의 발행인이자, 전 국회의원 장준하 선생이 경 기도 포천시 소재 약사봉 절벽 아래에서 변사체로 발견되 었습니다. 당시의 목격자에 의하면 장준하 선생은 등반 도 중 소나무 가지를 잡다가 미끄러져서 14미터 아래로 추락 했다고 합니다. 경찰은 사인을 등반 중 추락에 의한 뇌진탕으로 보고 있습니다. 그러나 유가족들은 시신에 외상이나 골절이 전혀 없고, 휴대한 보온병과 안경이 깨지지 않은 점을 들어 추락사에 의문점을 제기하고 있습니다. 빈소는 현재 상봉동 자택에 마련되었고, 8월 21일 오전 10시 명동성당에서 김수환 추기경이 영결미사를 집전할 예정입니다. MBC 뉴스 속보였습니다.

뉴스가 나오는 동안 영상화면에 장준하 선생 의문사 사건 신문기사
이미지가 떠오른다.
라디오에서 요란한 광고방송이 나온다.
아버지는 순간적으로 비틀거리면서 들고 있던 책을 떨어뜨린다.

점원   선생님요, 괜찮습니꺼?
아버지   예에, 괜찮습니다.
책방주인 아이고……. 시끄럽다, 라디오 꺼뿌라.
점원   예에.

점원, 라디오를 끄고 카세트를 작동시킨다.
당시에 유행하던 김정호의 <하얀 나비>가 흘러나온다.
아버지, 겨우 기운을 차리고 천천히 의자에 앉는다.

아버지   장준하 선생이 광복군 장교 출신이라 암벽도 타고 그랬는데, 산에서 미끄러질 위인이 아닌데…….
책방주인 좀 전에 뉴스에 나온 분 아는 사이인가 보네요?
아버지   아니오. 그저 잠깐, 스치듯이……. 만났을 뿐이지요…….

김정호의 <하얀 나비>의 가사가 나온다.

아버지 이거……. 무슨 노랩니까?

점원 김정호 <하얀 나비>라예. 요새 최고 아입니까.

책방주인 문 닫자.

책방주인과 점원이 헌책방을 서서히 정리하면서 나간다.
다시, <태용문고>로 돌아온다. 아버지 혼자 멍하니 앉아 있다.
영상화면에 장준하 선생 이미지가 떠오른다.
재엽이 책장 사이에서 나온다. 책꽂이에 꽂힌 장준하 문집
『돌베개』를 꺼낸다.

재엽 아버지는 14년 전 국토개발요원 시절 서울에서 강연을 들었던 장준하 선생을 떠올리고 있습니다. 아버지의 책장에서 거의 유일했던 우리말 책인 장준하 문집『돌베개』가 눈에 띕니다. 아버지는 이제 대구에서 아니, 한국사회에서 나와 내 가족을 안전하게 지키기 위한 불가피한 생존술을 깨닫습니다.

아버지가 무대 가운데로 내려온다.

아버지 재진아, 재진이 어디 있니?

소년 재진이 뛰어 들어온다.

소년재진 네, 아버지. 부르셨어요?

아버지   아니, 재엽이 너 말고, 니 형 재진이. 얼른 나오라고 해. 학교
         가야지.

         이제부터 소년 재진은 소년 재엽 역할로 바뀐다.

소년재진 (약간 황당해하며, 재엽에게) 들었지? 나 이제부터 너다. 알
         겠지?
재엽   아, 그렇군. 그럼 나는 지금 몇 살이지?
소년재진 1979년이니까, 일곱 살이야.
재엽   그래도 잘 기억이 안 나는데.
소년재진 네 머리가 그렇게 좋진 않았다. (나가면서) 형―!
청년재진 (뛰어 나오면서) 어, 그래―!

         청년 재진이 뛰어 들어온다.
         중학교 교복 차림으로 책가방을 들고 있다.

청년재진 아버지, 부르셨습니까?
아버지   그래, 가자.

         아버지는 자전거를 밀면서 걸어간다. 청년 재진이 함께 걷는다.
         재엽이 두 사람을 뒤따라 걷는다.

아버지   재진아, 연합고사 준비는 잘되고 있니?
청년재진 네, 열심히 하고 있습니다.
아버지   재진아, 아버지 말 한번 들어봐. 너는, 언제든지 사람들이
         많이 몰려 있는 쪽에 서야 한다. 우리나라같이 불안한 사

회에서는 그게 정말 중요해. 무엇이 옳은지, 무엇이 그른지, 그런 건 별로 중요하지 않아.

청년재진 그러면 뭐가 중요한 건가요?

아버지 우리나라에서 제일 중요한 것은 가운데 서는 거야. 어디에 있든지 무엇을 하든지 제일 앞에 나서지도 말고, 제일 뒤에 처지지도 말고, 딱 중간에 서는 거지. 튀지 말라는 뜻이야. 그래야 너와 네 가족을 더 잘 지킬 수 있는 거란다. 알았지?

청년재진 예에. 명심하겠습니다.

버스 도착하는 소리.

청년재진 다녀오겠습니다.

청년 재진, 버스에 오른다.
아버지, 청년 재진을 향해 손을 흔든다.
청년 재진, 버스 안에서 연신 고개를 숙이며 인사를 한다.
버스 떠나는 소리.
이때, 소년 재엽이 무대 후면에 등장하여 가운데에 선다.
가지고 있던 권총을 들고 장난스럽게 머리에 겨눈다.
순간 너무나 강력한 총성과 함께 비틀거린다.
장난치듯 우습지만, 사람을 놀라게 하는 총성이다.
자전거를 끌고 나가려던 아버지, 순간 제자리에 멈춘다.

재엽 1979년 10월 27일, 박정희의 죽음이 있던 다음 날 아침, 아버지와 형은 여느 때처럼 등굣길에 올랐습니다.

모차르트와 베토벤으로 이어지는 (추모곡 성격의) 클래식
음악이 흐른다.

버스 손잡이를 잡고 있던 청년 재진이 낯선 음악에 귀를 기울여본다.

청년재진 그날 아침, 등굣길 시내버스 안에서 클래식 연주곡이 밑도
끝도 없이 흘러나왔어.

아버지 아무도 예상치 못했던 왕의 죽음은 사람들로 하여금 깊은
침묵 속에 빠져들게 했지. 그때까지 사람들에게 '박대통령'
은 고유명사였지, '김대통령, 이대통령, 노대통령' 등으로 변
주할 수 있는 단어가 아니었거든.

청년재진 아무튼 하루 종일 클래식 연주곡만 들어본 적은 그때가
처음이었을 거야. 그래서였을까. 클래식 음악이 참 좋은 음
악이라는 사실을 처음으로 느껴보았어. '아, 이래서 클래식
이라고 하는구나.'

아버지 며칠 후 대구시립도서관 앞에 마련된 분향소에 사람들의
조문행렬이 이어졌고, 길거리에선 사람들이 곡하는 소리
를 흔하게 들을 수 있었다.

아버지, 자전거를 타고 무대 위를 달린다.
청년 재진, 고개를 끄덕이며 클래식 음악에 귀를 기울인다.
소년 재엽, 무대 한가운데에서 이따금 권총의 방아쇠를 당겨본다.
청년 재진과 소년 재엽은 무대 밖으로 나간다.
영상화면으로 박정희 정권 시절의 다큐멘터리 이미지가
콜라주 화면으로 지나간다.
그 영상화면을 배경으로 아버지는 자전거를 타고 무대 주위를
계속 돌기 시작한다.

재엽은 자전거를 탄 아버지를 계속해서 바라본다.
재엽, 이 모든 광경을 지켜보고 있다.

재엽　1946년 경상북도 선산군 구미면에서 처음 만난 박정희가
아버지의 인생에 불쑥 불쑥 나타나기 시작한 지 반평생이
지나, 유신의 공포가 내면화되고 있을 무렵, 박정희는 이제
역사 속으로 사라지게 됩니다.

아버지는 여전히 자전거를 타고 무대 주위를 돌고 있다.

재엽　아버지는
유신시대 박정희 정권 아래 살고 있었다기보다는
자신이 대한민국 국민이 아닐지도 모른다는 알리바이를
만들고 싶었는지도 모릅니다.
부지런히 외국서적을 모으면서,
여기가 아닌 다른 어느 곳에
자신이 뿌리내리고 싶은
미지의 세계가 펼쳐질지도 모른다는 알리바이를
간절히 원하고 있었는지도 모릅니다.

클래식 음악 사이로 심수봉의 <그때 그 사람>이 연주곡으로
변주되어 흐른다.
여전히 자전거를 달리는 아버지의 모습이 보이면서
조명이 서서히 어두워진다.
막이 내린다. 1막 끝.
인터미션 영상화면으로 15분 타임워치 숫자가 작동한다.

2막 아버지와 두 아들의 연대기

1986년 10월의 아버지(56세)

아버지의 방.
아버지가 작은 스탠드 불빛 하나만 켜둔 채, 잡지책을 넘기고 있다.
어머니가 꿀물이 든 컵을 들고 들어온다.

어머니   (컵을 건네며) 안 잘 겁니까?

아버지   (컵을 받으며) 지금 몇 시쯤 됐나?

어머니   12시 다 돼가네요.

아버지   재진이 아직 안 들어왔지?

어머니   오랜만에 대구 내려와 고등학교 때 친구들 만난다고 정신
          없네예.

아버지   그래도 많이 늦네. 방학도 아닌데, 왜 이렇게 길게 내려와

있나.

어머니　학교 안에서 86 아시안게임 한다고 휴강이 많다 하데요.

아버지　수업을 안 하면 도서관 나가면 되지. 굳이 내려와 있을 이
　　　　유가 있나. 4학년이면, 할 공부도 많을 낀데.

어머니　안 그래도 월요일에 올라간답니다. 겨우 나흘 집에 와 있는
　　　　건데, 너무 그라지 마이소. 대신 너무 늦게 다니지 말라고,
　　　　딱 한마디 정도는 하이소.

아버지　곧 오겠지.

　　　　　　　　　　아버지, 괜스레 책장을 넘긴다. 이때, 전화벨 소리가
　　　　　　　　　　　　　　　　굉장히 크게 들린다.
　　　　　　　　　　잠옷 차림의 소년 재엽이 하품을 하며 등장한다.

어머니　아이고, 놀래라.

소년재엽　(하품을 하며) 그때 전화벨 소리 정말 크게 들렸다. 내 아직
　　　　도 귓가에 생생하다.

　　　　　　　　　　　　　　　어머니가 천천히 수화기를 든다.

어머니　여보세요. 네, 맞는데요. 재진이 엄만데요. 이 밤중에 무슨
　　　　일로……. 뭐라구요? 신고요? 아니, 그게 정말이라예?

　　　　　　　　　　　　　　　어머니, 수화기를 놓는다.

아버지　무슨 전화고?

어머니　재진이가 동성로 중부경찰서에 붙잡혀 있답니다.

아버지 (놀라며) 뭐라꼬?

어머니 얼른 가보입시다. 얼른요. 근데, 아가 자꾸 횡설수설한다는
데……

아버지 뭐라고 했다는데……?

어머니 김일성대학 어쩌고 한다는데, 그게……

아버지 (놀라며) 그게 무슨 황당한 소리고?

　　　　　　　　아버지와 어머니, 자리에서 일어나 나가려 한다.

소년재엽 엄마, 이 시간에 어디가요?

어머니 너그 형한테.

소년재엽 형 어디 있는데요?

어머니 니는 몰라도 된다.

소년재엽 형 아직도 안 들어왔어요?

아버지 너는 얼른 들어가 자라. (어머니에게) 가자.

　　　　　　　　아버지와 어머니가 서둘러 나간다.

소년재엽 내일 코리안시리즈 보러 가기로 했는데, 표는 구했나……
　　　　　이씨.

　　　　　　　　음악이 흐르고 조명, 어두워진다.

　　　　　　　　　　　　　암전.

2막 1장   아버지와 두 아들의 연대기 (1)
1986년 10월의 형(23세)

조명이 벽에 걸린 전두환 대통령의 사진에만 비친다.

곧이어 밝아지면, 형사1이 책상에 앉아 조서를 꾸미고 있다.

긴 의자 위에는 재진이 길게 뻗어 있다.

형사2가 재진을 툭툭 건드려보지만, 재진은 꼼짝하지 않는다.

아버지와 어머니, 경찰서 안으로 황급히 들어온다.

형사2 어떻게 오셨심니까?

아버지 전화받고 왔습니다. 김재진 학생 아버집니다.

형사1 신분증 좀 주이소.

형사, 아버지의 주민등록증에서 주민번호를 옮겨 적는다.

어머니 우리 아들은 지금 어디 있습니까?

형사1　저어기요.

> 긴 의자 위에 누워 있던 재진, 순간 아래로 굴러떨어진다.

어머니　재진아!

> 아버지와 어머니가 붙들고 깨워보지만, 재진은 의식이 없다.

어머니　아이고, 이래 바닥에 누버가……. 어서 일어나자. 얼른.

> 이때, 형사반장이 들어온다.

형사반장　쟈가? 김일성대학 다닌다고 캤다는 아가…….

형사2　예. 맞심더.

아버지　그럴 리가요. 제 아들은 절대로 그런 애가 아닙니다.

재진　(술에 취해서 잠꼬대로) 에이, 씨이…… 전두환이 이 개
　　　　에…… 쉐이…….

> 모두들 재진을 쳐다본다. 어쩔 줄 몰라 하는 아버지와 어머니.

형사반장　쟈가 분명 서울대학교 학생이라 캤습니까?

아버지　맞습니다. 경영학과 4학년입니다.

형사1　학생증 확인했습니다.

재진　(여전히 취기로) 그럼 내가 김일성…… 대학을 …… 다녔겠
　　　　나, 씹새야?

형사반장　니, 방금 뭐라캤노?

＊재진이 벌떡 일어나 좀비처럼 비틀거리다가
벽에 붙은 대통령 전두환의 사진을 발견한다.＊

재진　(객기를 부리며, 놀리듯이) 하이, 전두통! (여전히) 하이, 티케
　　　　이(TK)…… 이 씹…… 쉐이들!

형사2　이 자슥이! 여어가 어덴 줄 알고…….

형사1　니 차가븐 욕조에 대가리 처박아 봐야 정신이 들겠나?

어머니　재진아, 어서 잘못했다고 해라. 얼른. 엄마 말 들어라!

아버지　재진아!

재진　(퀭한 눈을 깜빡이며) 아, 아버지…….

＊재진, 순간적으로 놀라며 머리를 감싸쥔다.
잠시 마른세수를 하고는 정신이 돌아온 듯 주위를 둘러본다.
벽에 걸린 전두환 사진을 발견하고는 벌컥 화를 낸다.＊

재진　(혼잣말로) 이 시팔, 짭새들이 대구에 계신 아버지하고 엄
　　　　마까지 끌고 왔어……. 이 비겁한 쉑키들!

＊재진, 대화 중인 형사반장과 형사에게 몰래 다가가 다짜고짜
밀쳐버린다.
책상을 뒤집어버리고 의자를 집어 들고는 난동을 피운다.＊

재진　(소리치며) 다 죽여버린다! 다 죽여버린다!

＊형사반장, 뒤로 나자빠진다.＊

형사1   너 이 새끼, 미쳤냐?

형사2   이 새끼가 진짜 죽고 싶나?

형사반장 야! 너, 국가보안법으로 곧바로 집어넣는다!

아버지   재진아, 너 이러지 마! 나중에 진짜 후회한다……

재진   (무릎을 꿇으며) 아버지, 저도 다른 친구들처럼 여기 관악 경찰서로 끌려올 줄 알고 있었습니다!

형사1   뭐라꼬, 관악경찰서?

형사2   이 자슥이 뭐라카노? 여기는 중부경찰서야!

아버지   재진아, 여긴 대구야, 만촌동.

어머니   재진아, 너 어제 고등학교 동창들 만난다고 동성로 나갔었다.

재진   (당황하며) 여기가…… 학교 앞이…… 아니에요?

아버지   니네 학교에서 아시안게임 한다고, 휴강한다고 그저께 대구 내려왔잖아.

어머니   내일 재엽이하고 같이 야구 보러 가기로 했다면서…… 기억 안 나나?

재진   그러면 여기가…….

형사반장 짜슥이, 인제 제정신 돌아오나 보네.

형사1   (재진에게) 니, 일로와 앉아라. 퍼뜩.

> 재진이 여전히 어리둥절해한다.
> 아버지가 재진을 얼른 데리고 형사 앞에 앉힌다.

형사2   니 임마, 니 친구들하고 세 놈이서 대구백화점 앞에서 스크럼 짜고 데모가 불렀다카데? 본 사람이 있다 안 카나?

형사1 (피식 웃으며) 니, 운동권이가?

재진 아, 아닙니다.

형사1 학교에서 데모도 가끔 해봤제?

재진 아닙니다.

아버지 우리 애는 절대로 그런 거 안 합니다.

형사2 버스 안에서도 계속 노래 불러갖고 기사양반이 어느 학교 댕기냐고 물어보니까, 김일성대학 어쩌고 했다카대?

어머니 그기 뭔소립니까. 그럴 리가 없지요.

형사1 니, 김일성대학 어쩌고저쩌고 했는 거 왜 그랬는지 상세히 말해보자.

재진 그런 적 없습니다.

형사반장 니, 경찰서에 많이 와봤나 본데.

형사1 이 새끼 운동권 맞네.

어머니 아입니다. 우리 아는 절대로 아입니다.

형사반장 여봐라. 학생. 너그들 전두환 대통령 와 그래 싫어하나?

재진 …….

형사반장 서울 아들이나 전라도 아들은 그렇다 치자. 니는 대구 사람 이잖아, 근데 와 그래 욕하고 그라노?

재진 …….

형사반장 내 개인적으로 전 대통령 쫌 안다. 대구공고 선배거든. 총 동문회 때 함 봤는데, 사람 화통하니, '남자'더라, 남자.

재진 …….

형사1 니 빨간 줄 한번 그어 볼래? 빨간 줄 긋자마자 곧바로 군대 영장 나올 기다.

아버지 (재진에게) 재진아 잘못했다고 말씀드려.

형사반장 휴전선 앞에 서서 빨갱이들 지척에 두고 총 들고 함 서 있어봐야 정신 차리겠나. 안 그렇습니까? 아버님요.

아버지　　아, 예에······.

형사반장　아버님은 군생활 어디서 했습니꺼?

아버지　　네에?

형사1　　(신분증 뒷면을 보고) 우와, 아버님은 육군포병장교 대위 제대시네요. (벌떡 일어나 경례를 붙이며) 충성! 저도 포병부대 나왔습니다.

아버지　　그, 그러시군요.

형사2　　(형사1로부터 전달받은 신분증을 아버지에게 돌려주며) 충성!

형사반장　그러면 아버님은 6·25 때 빨갱이들하고 함 붙었겠네요?

아버지　　그, 그런 셈이죠······.

형사반장　지는 월남에서 베트콩들하고 함 붙어가 박살을 냈다 아입니꺼! 남자는 군대를 가야 진짜 남자가 된다 아입니꺼. 아버님요, 아드님 빨리 군대 보내이소.

아버지　　그, 그래야겠죠. (재진에게, 채근하며) 얼른 잘못했다고 말씀드려, 얼른!

재진　　죄, 죄송합니다······. 제가 소란을 피워서······.

형사2　　임마 이거, 인제 좀 상황파악이 되나 보네.

　　　　　　　　　　　　겨우 정신을 차린 재진, 사과를 한다.

형사1　　니 그케도 날 밝을 때까지는 몬 나간다. 일단 즉심으로 가야 되니까, 저기 유치장 안에 들어가 있어야 된다.

어머니　　아이고, 재진아······. 반장님요, 한 번만 봐주이소. 다시 수업 받으려면 월요일에는 서울 올라가야 합니더.

형사반장 어머님요. 정의사회 구현하려면 이 정도 죗값은 치러야 합니다.

형사2 마, 내 따라온나.

> 형사2, 재진을 데리고 나가려 한다. 아버지와 어머니가 따라가려 한다.

재진 죄송합니다. 걱정 끼쳐 드려서……

아버지 괜찮을 기다. 별일 없을 기다.

어머니 니, 속은 괜찮나?

형사2 (재진에게) 고마 가자, 이 자슥아!

재진 예에.

> 형사1, 2가 재진을 데리고 나간다.
> 그제야 아버지와 어머니, 긴 의자에 앉는다.

어머니 (야속한 듯) 근데 누가 우리 아를 신고했단 말입니꺼? 암만 그래도 술 취해서 아가 철딱서니 없이 뭐라 한 거 가지고……

형사반장 버스 운전수가 승객들한테 양해를 얻어가 경찰서 앞에 버스를 딱 세워가 바로 잡아가라 했다 아입니꺼. 대구시민들, 시민정신이 참 투철하지요?

아버지 (헛웃음을 지으며) 예에, 그렇네요.

형사반장 정의사회 구현한다꼬 맨날 날밤 새겠네. 그나저나 우리 삼성, 내일 해태랑 코리안시리즈 하는데, (하품을 하며) 아, 이래가 보러 갈 수 있겠나.

형사반장이 기지개를 켜며, 나간다.

음악은 당시 모든 앨범에 들어가던 '건전가요'로서

가수 조영남이 부른 <정화의 노래>가 들려온다.

어머니가 슬슬 졸음에 겨워 본인도 모르게 아버지의 어깨에 기댄다.

아버지는 잠이 오지 않는다. 조명, 서서히 어두워진다.

2막 2장 2019년 3월, 아버지의 15주기 : 〈태용문고〉를 찾은 두 아들
1986년 10월, 형에겐 무슨 일이 있었나?

> 조명이 들어오면, 무대는 <태용문고>로 전환되어 있다.
> 양복을 입은 멀쩡한 재진과 재엽이 국화꽃 한 송이씩을 들고
> 책장 사이를 둘러본다.
> 조명이 벽에 걸린 전두환 대통령의 사진을 비춘다.
> 재진, 사진을 바라보며 생각에 잠긴다.

재엽 83학번이었던 형은 전두환 대통령과 함께 대학 시절을 보냈습니다. 1986년 10월, 형의 대구경찰서 사건은 여전히 제게 의문으로 남아 있는데요. 형은 그때 왜 그랬을까요?

재진 1986년 그해에 우리 83학번들이 많이 죽었다. 그해 4월엔가, 자연대 학생회장 김세진이랑, 정치학과 4학년 이재호라고. 신림사거리에 있는 가야쇼핑 3층 건물 옥상에서 '전방입소 결사반대'를 외치면서 몸에 불을 붙이고 뛰어내렸어. 그

때 내가 신림동에서 하숙할 때였는데, 매일 지나다니던 길이었지. 그러고 나서 5월엔가 교내에서 추모행사가 있었어. 그날은 나처럼 평범한 학생들도 많이 참여했지.

재엽 형이 기억하는 그날은 1986년 5월 20일, "광주항쟁의 민족사적 재조명"이라는 주제로 진행된 5월 대동제 개막식이었습니다.

무대 후면 영상으로 문익환 목사의 육성이 담긴 영상이 흐르고, 함성소리가 들린다.

재진 아크로폴리스 광장에서 문익환 목사님이 '세진아! 재호야! 잘 가라! 너희들은 죽지 말고 살아서 투쟁해야 한다!' 이렇게 울부짖으면서 호소를 하고 있었어. 그런데 갑자기 학생회관 4층에서 누군가 '파쇼의 선봉, 전두환을 처단하자!' 이렇게 외치더니 갑자기 커다란 불덩어리 하나가 내 옆으로 떨어지는 거야. 나중에 알게 됐어. 이동수라고, 농대 원예학과 83학번이었지. 그 순간, 그곳은 최루탄이 터지면서 완전히 아수라장이 됐어. 나는 엉겁결에 도서관으로 뛰어 들어갔는데, 누군가 내 뒤를 따라 들어오더니 거기서 공부하고 있는 학생들한테 외치는 거야. '사람이 죽었다. 이 새끼들아. 나와 싸우자. 안 싸우겠으면 나와서 구경이라도 해라!' 그날 밤 하숙집에 누워 있는데 잠이 안 오더라. 사람이 자기가 원하는 방식으로 살기 위해서 자기 목숨을 끊을 수도 있다는 사실이 너무 충격적이었어. 이런저런 생각에 몸을 뒤척이고 있는데, 갑자기 한밤중에 하숙집으로 전화가 걸려왔어.

전화 벨소리가 울리며 <아버지의 방> 공간에 조명이 들어오면,
아버지가 수화기를 들고 서 있다.

아버지　재진이가? 별일 없나?

재진　예에. 아버지. 별일 없습니다.

아버지　신문 보니까, 학교 앞이 시끄럽더라.

재진　예에. 걱정하지 마세요.

재엽　아버지 뉴스 같은 데서 학생들 데모하는 거 보면 형한테
곧바로 전화하셨지.

수화기를 내려놓는 아버지. 여전히 걱정스러운 모습이다.
<아버지의 방> 공간에 조명이 서서히 어두워진다.

재진　그날 밤새 뒤척이다가 다음 날 학교엘 아예 안 갔지. 룸메
이트 녀석 꼬셔 가지고 통일호 기차 타고 지리산으로 내려
갔지, 아마. 그땐 정말 학교에 있으면 십중팔구 스크럼 짜고
대열에 설 게 분명했거든. 아무튼 그해 5월엔 그럭저럭 넘
어갔는데, 10월에 집에 내려가서 엉뚱하게 사고를 친 거야.
그때 오랜만에 고등학교 동창 녀석들하고 대낮부터 술을
마셨는데, 거기서 애들이 묻는 거야. 우리 학교에서 연이어
83학번 분신이 있었다는 소문을 들었다고.

재엽　소문으로 들었다고?

재진　그래, 대구 녀석들은 우리 학교에서 있었던 일을 하나도 모
르더라니까. 그래 가지고 나도 모르게 얘길 꺼내기 시작했
나 봐. 그러면서 태어나서 처음으로 그렇게 술을 마셨던 거

고. (문득) 근데, 재엽아. 너 그날 코리안시리즈는 보러 갔었
    니? 갑자기 그게 궁금해지네.

재엽   형……. 사실 그날, 아버지 몰래 갔었어.

재진   응? 정말?

이때, *Goombay Dance Band*의 <엘도라도(*Eldorado*)>를 개사한
삼성라이온즈 야구단의 응원곡, 일명 <최강 삼성, 승리하리라>가
흘러나온다.

암전 없이 다음 장면으로 이어진다.

2막 3장　　소년 재엽, 1986년 한국시리즈에서 한국사회를 만나다
1986년 10월, 그때 나는 무엇을 했나?

응원곡을 배경으로 삼성라이온즈 야구점퍼와 모자를 쓴 소년 재엽이
야구배트를 어깨에 메고 나름 비장하게 걸어 나온다.
배트 끝에는 야구글러브가 달려 있다.

소년재엽 미안한 얘기지만, 형이 경찰서에 가거나 말거나, 나는 그 경기를 꼭 봐야만 했어. 코리안시리즈였거든. 게다가 상대는 해태타이거즈였지.

응원곡이 <라이온즈 승리가>로 바뀐다.
응원단장이 호루라기를 불고 응원무를 추면서 등장한다.
곧이어 취객1, 2가 함께 춤을 추면서 뒤따라 등장한다.

소년재엽 광주 어웨이 경기에서 1승 1패! 대구 홈에서 첫 경기였지!

이때 해태타이거즈의 붉은 유니폼을 입은 선수가 등장한다.
유니폼에 '선동열'이라고 쓴 글씨가 보인다.
강력한 투구폼으로 와인드업과 함께 볼을 던진다.
무대 후면 영상에 불길이 확 붙는다.

선동열 (자신감이 넘치며) 와하하하하하!
소년재엽 역시 해태타이거즈는 강했어! 해태의 빨간 유니폼은 그날
더욱 강력하게 느껴졌지. 젠장, 선동열의 얼굴에 난 여드름
까지도 새빨갛게 보였어. 난 이해할 수 없었어. 삼성 타자들
의 헬멧에는 언제나 '삼성 하이테크TV'가 찍혀 있었지. 근
데, 해태 타자들의 헬멧에는 겨우 '맛동산'이라고 쓰여 있
었거든. 이게, 비교가 돼? 근데, 맨날 '맛동산'한테 지는 거
야!

'맛동산'이라고 찍힌 빨간 헬멧을 쓰고 유쾌하게 해태제과 '맛동산'을
먹고 있는 선동열. '삼성 하이테크TV'라고 찍힌 파란 헬멧을 쓴
소년 재엽을 놀려댄다.

취객1 아이 쒸이, 해태한테 맨날 저래 처발리는데, 우리 삼성은 언
제 우승해 보노?
취객2 글쎄. 까놓고 말해서 실력으로는 안 되니까, 아마도 해태
구단을 통째로 사오는 게 빠르지 싶다.
취객1 맞다. 우리 삼성이 머니머니 해도 돈이 최고 많다 아이가.
전라도 까자 점빵을 다 사왔뿌자!
취객2 우쨌거나, 전라도 깽깽이 놈들! 재수 없다 아이가!

취객1   맞다. 저것들은 광주 무등경기장에서 응원하는데, '김대중! 김대중!' 외친다 카더라!

취객2   맞다. 저 세끼들, 유니폼 색깔 봐봐라, 시뻘게가지고!

취객1   저 빨갱이 새끼들, 썩 꺼지라!

취객2   꺼지라! 빨갱이 새끼들아!

곧이어 취객이 준비해온 술병을 선동열을 향해 마구 집어던진다.

선동열   (놀라며) 거시기…… 좀 거시기 하네…….(얼른 도망간다)

음악 <대구찬가>가 나온다.
응원단장이 다시 응원무를 시작하고, 취객1, 2가 따라서 춤춘다.
취객1, 2가 라이터를 꺼내 불을 깜빡거린다.

소년재엽   성난 대구시민들이 결국 해태타이거즈 선수단 버스에 불을 질렀어!

무대 후면 영상화면에는 당시 소동으로 불타버린
해태타이거즈 선수단 버스 자료 사진이 지나간다.

재진   야, 장난 아니었겠구나!

소년재엽   그러자 시민들을 해산시키기 위해서 전투경찰이 출동했고, 급기야 최루탄을 발사하기에 이르렀지!

재진   아니 그러면, 그날 밤 집에는 무사히 들어간 거야?

소년재엽   나 태어나서 생전 처음으로 최루탄 가스 마셔 봤다. 정말 죽는 줄 알았다. 그리고 집에 가서 엄마 아버지한테 또 죽는 줄 알았다.

어머니가 길 앞에 나와 있다.
아버지는 방 안에서 시계를 바라보며, 잡지책을 넘기고 있다.
소년 재엽이 재채기를 하면서, 뛰어 들어간다.
어머니 앞에서 딱 걸린다.

어머니 재엽이가?

소년재엽 어, 엄마······.

어머니 니, 어디 갔다 인제 오나?

소년재엽 야, 야구 보고 오는데······.

어머니 (괘씸하게 여기며) 니, 아버지 안 주무시고, 또 기다리신다.

소년재엽 아, 원래는 말하고 갈라고 그랬는데······.

어머니 (순간적으로 소년 재엽의 등짝을 후려치며) 뭐, 잘했다고
말대꾸고?

어머니가 소년 재엽을 끌고 들어간다.

아버지 왔나? 많이 늦었네.

소년재엽 야구는 끝났는데, 관중들이 버스를 불태워가지고······.

아버지 뉴스에서 다 봤다.

소년재엽 죄송합니다.

어머니 아버지랑 엄마랑 어젯밤에도 경찰서에서 한잠도 못 잤다.
오늘 같은 날, 니까지 이래 속 썩일래?

소년재엽 잘못했심더.

어머니 뭐 타고 왔노? 버스도 없었을 텐데.

소년재엽 택시 탔습니다.

어머니 잘한다. 택시비는 어떻게 있었나?

소년재엽 사실은 내일 학교에 평화의 댐 성금 내야 되는데…….

어머니 몰라. 네가 알아서 해라.

아버지 줘라.

어머니 쳇. 아들 좀 뭐라고 하이소. 없을 때 내보고 뭐라 하지 말고 있을 때 딱 부러지게 야단 좀 치소. 그리고 야는 막내라고 너무 오냐오냐 키우는 거 아입니다.

아버지 얼마고?

소년재엽 이천 원인데예.

어머니 많이도 거두네. 나라에서 댐 하나 만드는데, 와 아들한테까지 돈을 거두노?

소년재엽 북한에서 장마 때 금강산 댐 열어뿌면, 우리나라 일대가 다 물에 잠긴다 캅니다. 그래서 평화의 댐으로 그 물 다 받아야 된다 카데예.

어머니 지금 돈 거둬가 언제 다 짓노? 그새 홍수 나서 다 떠내려가겠다.

소년재엽 우쨌든 돈 마이 거둬야 된다 캅니다.

아버지가 돈을 찾으려는 듯 일어서서 책 한 권을 꺼낸다.

어머니 됐어요. 제가 줄 거라요.

아버지 저녁은 제대로 먹었나? 좀 챙겨줘라.

소년재엽 지가 나가서 차려 먹겠십더.

어머니 한밤중에 무슨……. 냉수나 마시고 들어가 자라.

어머니가 소년의 등짝을 때리고 나간다.

동시에 소년의 손에 있던 야구공이 방 아래로 굴러떨어진다.

소년 재엽은 아버지 곁에 남는다.

아버지 야구는…… 재밌더나?

소년재엽 해태한테는 안 됩니다. 택도 없어요.

아버지 선동열이도 봤나?

소년재엽 연습하는 거만 봤습니다.

아버지 진짜 빠르더나?

소년재엽 진짜 빠르던데예.

아버지가 책 속에서 천 원짜리 한 장을 꺼내준다.

아버지 옜다.

소년재엽 내일 엄마한테 받으면 되는데예.

아버지 이것도 받고, 엄마한테도 받고.

소년재엽 (잠시 머뭇거리다가 채가며) 고맙심니더.

아버지 얼른 씻고 자라. 내일 학교 가야지.

소년재엽 예. 안녕히 주무세요.

소년 재엽이 지폐를 들고 나간다.

어머니가 다시 나와 송편을 담은 그릇을 내어준다.

어머니 배고프면 떡 먹어라.

소년재엽 (천 원짜리 지폐를 얼른 감추며) 아, 배 안 고픈데…….

어머니 뭐냐, 그건?

소년재엽 (그릇을 받아 송편을 입에 넣고는) 아, 다시 배가 고프네. 엄마, 맛있다. 진짜 맛있다!

소년 재엽이 황급하게 그릇을 받아들고는 <태용문고>의 책장으로
걸어 나온다.
떡그릇을 건네자, 재엽과 재진이 받아들고 하나씩 집어 먹는다.

재진　　천 원 벌었네.

소년재엽 다음 날 엄마한테 천 원만 받아서 학교에 성금 냈어.

재엽　　정말이야.

재진　　근데, 1986년에 평화의 댐 만든다고 이천 원씩이나 걷었냐?

소년재엽 그다음 날 학교운동장에 전교생이 다 모여서 금강산댐 규탄대회도 했다.

재엽　　전두환이 평화의 댐 건설한다고 앵벌이 해서 7백억 원을 모았다던데.

소년재엽 우리 삥 뜯긴 그 돈 다 어디로 갔을까?

다시 음악 <대구찬가>가 반복된다.
무대 후면 영상에는 대통령 시절 전두환이 대구를 방문한 모습과
프로야구 경기 시구를 하는 모습 등이 펼쳐진다.
재진과 재엽, 소년 재엽이 함께 벽에 걸린 전두환 사진을 바라본다.
조명 서서히 어두워진다.

암전.

2막 4장　　아버지와 나의 연대기 (1)
1989년 6월의 아버지(59세)와 나(16세)
교사는 노동자인가?

조명이 들어오면, 재엽이 <태용문고> 책장 사이에서 책을
뒤적이고 있다.

재엽　1989년 6월, 아버지는 지금 생각해 보면 너무나도 평범하지만 결코 평범하지 않았던 한마디를 고등학교 1학년인 저에게 남겨주셨습니다. 시간이 지날수록 그 말씀은 너무도 많은 것을 의미했으며, 지금도 제 기억 속에 생생히 남아 있습니다.

비 쏟아지는 소리. 이때, 교련복을 입은 반장이 뛰어 들어온다.

반장　아, 비 한번 요란하게 온다. 하필 오늘 같은 날.

반장, 재엽에게 교련복 상의를 건네준다.
재엽, 교련복 상의를 황급히 걸친다.

재엽 반장! 그런데, 용현이는?

반장 임마 이거 아직도 안 왔나? (용현을 발견하고) 야, 뛰라!

용현, 유도복을 입고 나온다.

용현 미안, 미안 내 쫌 늦었다.

반장 니 옷꼬라지가 그기 뭐고?

용현 교련복이 없더라. 그래서, 이거라도 입었다.

반장 아, 진짜 어이없다, 임마.

용현 몰라, 몰라! 근데, 너네들 여기 우리 와 모였는지 정확히 아
     나?

재엽 우리 국어선생님하고, 국사선생님 짤린대!

용현 진짜가?

반장 어, 저기 선생들 다 나온다.

전교조의 <참교육 함성으로>가 울려 퍼진다.
영상화면으로 전교조 집회현장이 보인다.
1학년 3반 담임선생님(국민윤리)이 단상에 올라온다.
머리에 띠를 두르고, 어깨띠도 두르고 있다. "민족, 민주, 인간화"라고
쓰여 있다.

재엽 어? 우리 담임도 있다.

용현 우리 담임도 전교조가?

반장   우리 담임, 전혀 의외다…….

용현   (소리치며) 와아, 덕원고등학교 1학년 3반, 담임 파이팅!

반장   국민윤리 화이팅!

용현   (사이) 전교조면 전교조라고 진작 말하지. 쑥쓰러워하기
         는…….

담임선생(팔을 뻗으며 노래를 부른다)

         아 우리의 깃발

         교직원 노조 세워

         민족 민주 인간화 교육 만만세

         담임선생님, 힘차게 팔을 뻗으면서 단상 밖으로 나간다.

용현   담임 파이팅! 참교육 꼭 해라!

재엽   근데 참교육 하자면서, 보충수업 너무 열심히 하지 않냐?

용현   맞다! 내 지난번 보충수업 때 엎드려 자고 있는데, 뒷문으
         로 몰래 들어와서 졸라 때리고 갔다. 덩치 봐라. 맞으면, 졸
         라 아프다.

반장   야야, 전교조 모토가 '민족, 민주, 인간화'라 캐놓고, 자습
         감독할 때는 졸라 비인간적이다.

재엽   어? 저기 선배들 머리 자른다.

         영상화면으로 학생들이 삭발하는 장면이 보인다.
         일동, 멈추고 앞을 응시한다. 사뭇 진지하다.

반장   3학년 반장 형들부터 삭발하기로 했다. 열두 명 전부 다.

재엽   진짜 다 밀었다. 아, 형들 운다.

용현	시팔, 스포츠 머리에 밀 게 어디 있다고 미노!
반장	(소리치며) 괜찮다! 머리 금방 자란다!

> 반장, 박수를 치자, 일동 따라 친다.
> 약간 긴장이 되는 듯, 말이 없다.

용현	근데, 전교조가 정확히 뭐꼬?
반장	전국교직원노동조합.
용현	노동조합이 뭔데?
반장	노동자가 만든 조합이지. 협동조합 비슷한 거 아니겠나.
용현	협동하면 좋은 거 아이가? 근데, 와 불법이고?
반장	아, 선생은 '노동자'가 아이란다.
재엽	그래? 그러면, 선생님은 뭐야? 우리 아버지도 선생님인 데…….
용현	노동자 아니면, 근로잔가?
재엽	'노동'이랑 '근로'랑 다른 거가?

> 무대 후면 영상으로 '노동(勞動)'과 '근로(勤勞)'의 한자와 뜻풀이가
> 나온다. 세 사람, 영상에 나온 글자를 확인한다.

반장	노동은 '힘쓸 로'에 '움직일 동'이잖아. 근로는 '부지런할 근' 에 '힘쓸 로'인데…….
재엽	'로' 짜는 똑같은데.
용현	'힘써서 움직이는 거'나, '부지런히 힘쓰는 거'나…… 비슷 한 거 같은데.
반장	노동은 '노동당, 남로당' 이칼 때 쓰는 말이랑 비슷하다.

용현　그거 북한에서 쓰는 말 아이가? 그라면, 우리 담임…… 빨갱이가?

반장　그라면, 우리 학교 선생들 중에서 체육하고 교련 빼면 다 빨갱인 셈이네.

용현　이상하다……. 재엽아, 니 집에 가서 너그 아부지한테 함 물어봐라. 선생은 노동자인지, 아닌지.

재엽　알았다.

이때, 교장이 등장한다.

재엽　어, 교장이다!

교장　우리 자랑스러운 덕원고등학교 학생 여러분!
문교부 장관 명의로 전교조 조합원 교사는
더 이상 교사 자격으로 학교에서 근무할 수 없습니다.
그리고 우리 덕원고등학교는 내일부터 조기방학에 들어갑니다.
별도의 방학식은 없습니다.
학생 여러분들은 내일부터 집에서 학습하시기 바랍니다.
이상, 끝! 방학 시이―작!

교장이 퇴장한다. 어리둥절해진 학생들.

용현　뭐라카노? 지금 방학이라캤나?

반장　말도 안 된다. 방학 할려면 아직 2주일도 넘게 남았다.

재엽　이거 어떡해야 되나?

반장　일단은 등교해야 된다. 학교 선생들 다 짤리게 생겼는데, 우리만 집에 있어가 되겠나.

용현 그라믄, 일단 집에 갔다가 내일 아침 일찍 보자.

반장 그래, 늦지 마라!

> 학생들도 서로 헤어진다.
> 곧바로 <아버지의 방> 공간에 조명이 들어오면
> 어머니는 저녁 밥상을 들고 들어온다.
> 아버지가 들어와서 앉는다.
> 곧이어 재엽이 들어온다.

재엽 다녀왔습니다.

어머니 왔나? 얼른 밥 묵자.

재엽 예에.

아버지 뉴스 할 때가 됐을 낀데…….

> 재엽, TV를 켠다. 곧바로 뉴스데스크 방송 로고가 흐른다.

뉴스앵커 MBC 뉴스데스크, 첫 소식입니다. 전교조 창립 이후 탈퇴를 권유하던 정원식 문교부 장관이 오늘 전교조 조합원 교사의 해직을 결정했습니다. 이에 초중고 교사 6,165명과 대학교수 204명이 징계 대상자가 되었습니다. 한편, 이에 강력히 반발하여 전국 20여 개의 고등학교에서 교사들의 해직을 반대하는 시위가 전개되었습니다.

> 영상화면으로 1989년 전국전교조 투쟁화면이 지나가고 그 위로
> 참여했던 수많은 학교들의 투쟁기록이 자막으로 올라간다.

어머니   어? 엽아, 저기 너그 학교 아이가?

재엽   예에?

뉴스앵커 특히, 대구덕원고등학교는 노조가입교사 40여 명과 학생 1,700명이 오후 수업을 거부하고 운동장에 모여 연좌농성을 벌였습니다. 이에 학교 측에서는 재단과 학교장의 결정으로 조기방학에 들어갔습니다.

어머니   뭐라카노? 방학했다꼬? 내일부터 그러면 방학이가?

재엽   예에…… 그렇긴 한데, 학생회장단에서 일단 등교하라고 했습니다.

어머니   와?

재엽   선생님들 해직 철회될 때까지 학교 나오라고 반장이 그랬습니다.

어머니   수업도 안 하는데?

재엽   그렇긴 한데…… 아버지, 저…… 내일 당장 어떡할까요? 학교를 갈지, 말지…….

아버지   …….

아버지, 묵묵히 밥을 먹는다.

아버지   간장 없나?

어머니   이기 간장인데요?

아버지   조선간장은 너무 짭다. 쇼유간장.

어머니   아따 까다롭기는…….

어머니, 투덜거리며 자리에서 일어난다.

재엽 아, 그리고 참……. 친구들하고 얘기하다가, 애들이 묻더라고요. 교사가 노동자냐고……. 그리고 노동자랑 근로자랑 무슨 차이가 있냐고…….

아버지 ……

아버지, 여전히 묵묵히 식사만 한다.
어머니, 간장 종지를 내어온다.

어머니 푹푹 찍어서 많이 드이소.

아버지 (두부를 간장에 찍어 드시며) 그래, 이 맛이다. 재엽이 내일 도시락 싸줘라.

어머니 뭐라꼬요?

아버지 학교 가게, 도시락 싸주라고.

어머니 방학이라는데요?

아버지 재엽아, 선생님이 하는 게 늘 옳은 기다. 내일 등교해라. 수업을 안 해도 다 배울 게 있다.

어머니 당신 대답이 어째 예상을 빗나가네요.

아버지 이게 다 네 엄마 같은 사람들이 노태우를 찍어가지고 생긴 일인 기라.

어머니 와 뜬금없이 내를 걸고 넘어지요?

아버지 교원노조, 그거 박정희가 쿠데타 하기 전에 합법적으로 있었던 기다. 그것도 대구에서 젤 먼저 시작되었고. 노태우 같은 기 어떻게 대통령이 돼가지고. (어머니를 쳐다보며) 나라 꼬라지가 이게 뭐꼬?

어머니 왜 자꾸 날보고 뭐라 그래요?

아버지   이거 쇼유간장 맞나? 왜 이리 짭나?

어머니   진짜 가지가지 한다…….

> 어머니, 아버지를 외면하고 돌려 앉는다.

아버지   저 테레비 꺼뿌라. 김영삼이고 김대중이고 다 보기 싫다.
(나가려다 어머니를 보고) 노태우가 어떻게 대통령감이고?
뭐, 잘생겨서 찍었다고? 그게 말이 되나?

어머니   투표도 내 맘대로 못하나?

> 아버지, 방을 나간다.
> 재엽, TV를 끈다. 어머니는 투덜대며 밥상을 정리한다.
> <아버지의 방>에 조명이 어두워진다.
> 반대편 교실 공간에 조명이 밝아지면, 반장과 용현이 들어온다.

반장   용현아, 니 와 그라노?

용현   나는 내일부터 못 나온다.

반장   와?

용현   아부지가 나가지 말라캤다. 오늘도 겨우 나왔다.

반장   니, 임마. 남자가 의리가 있어야지. 니, 어제 선배들 삭발하
는 거 못 봤나?

> 재엽이 등교한다.

용현   (『실력정석』 책을 펴며) 몰라. 나는 내일부터 학원 끊었다.
유신학원.

반장   유신학원? 학원 이름도 엿같네.

용현   수학은 황막강이 최고다. 나는 기본정석 끝내고, 실력정석 들어갈 거다.

재엽   진짜? 나는 기본도 다 못 푸는데······.

반장   헛짓하지 마라. 니는 학교 진도나 똑바로 따라가라.

용현   니, 우리 아부지 얼마나 빡센지 몰라서 하는 말이다. 우리 아부지 해병대다.

반장   우리 아부지는 공수부대다. 재엽아, 너그 아부지는?

재엽   응? 우리 아버지는 포병장교다. 대위.

용현   진짜가?

반장   와아, 너그 아버지가 젤로 높네.

재엽   그런가?

용현   참, 재엽아. 너그 아버지한테 물어봤나? 선생님은 노동자인지 아닌지.

재엽   글쎄······.

반장   안 물어봤나?

재엽   그게······. '선생님이 하는 게 늘 옳은 기다' 이렇게 말씀하시더라.

반장   봐라, 맞다 안 카나······.

용현   몰라, 내는 가야 된다. 일요일에 축구나 한판 하자. 안녕!

                    용현, 손을 흔들며 서둘러 나간다.

재엽   잘 가라.

반장   한번 배신자는 영원한 배신자다!

재엽과 반장, 둘이 남는다.

재엽　그러면 국사랑 국어는 어떻게 되는 거야?

반장　개학할 때까지 탈퇴 안 하면 짤린다 카더라.

재엽　짤리면서까지 탈퇴 안 하는 게 무슨 이유일까?

반장　글쎄.

재엽　우리 아버지가 선생님이 하는 것은 늘 옳은 거라 하셨는데…… 아, 궁금하네…….

반장　(사이) 재엽아, 우리도 영화나 보러 가자. 니, 내 따라온나.

재엽　어디로?

반장　중앙통 지나서 코스모스극장에.

재엽　거긴 동시상영관 아이가? 야시꾸리한 영화 상영해서 우리는 못 들어간다.

반장　오늘 같은 날은 머리를 식히고 나야 다시 새로운 생각이 나는 기다. 따라온나, 퍼뜩. (가방에서 비디오테이프를 꺼내며) 니, 이런 거 본 적 있나?

재엽　우리 집에 비디오 없다.

재엽, 관심 없는 척하다가 문득 관심을 가지고 비디오테이프를
집어 든다.
케이스 안에서 비디오테이프를 꺼내 본다.

재엽　(놀라며) 반장, 니도 이런 거 보나?

반장　얼른 따라온나. 우리는 지금 몸과 마음 전부 다 성숙해질 필요가 있다 아이가. 아, 얼른!

> 갑자기 용현이 들이닥친다.

용현   같이 보자. 우리는 친구 아이가.

> 용현, 재엽이 들고 있던 비디오테이프를 낚아채고 도망간다.

용현   에헤헤헤—.
반장   배신자는 꺼지라!

> 반장이 용현을 쫓아간다. 재엽이 따라 나가려다 멈춘다.

재엽   몸도 마음도 성숙하지 못했던 우리들은 금세 하나둘씩 흩어지기 시작했고, 그렇게 여름방학은 흘러갔습니다. 전교조를 탈퇴하지 않았던 국어선생님과 국사선생님 두 분은 끝내 학교로 돌아오지 못했습니다. 그로부터 2년이 지난 1992년, 저는 대구를 떠나 서울로 대학 입학을 하게 됩니다. (교련복 상의를 벗는다) 당시 대학들은 수험생들에게 합격 여부를 알려주기 위해 편리한 ARS 전화서비스를 도입했습니다. 하지만 저희 집 다이얼 전화기로는 연결이 안 되었기 때문에 버튼을 누르는 최신식 공중전화기를 찾아가야 했습니다.

> 천둥번개 소리와 빗소리가 들린다.
> 재엽, 우산을 들고 공중전화 부스에서 전화를 건다.
> 버튼 소리가 들리고, 곧이어 녹음된 기계음의 목소리가 들린다.

목소리 축하합니다.

재엽 (우산을 던지며) 우와!

목소리 (사이) 2지망 국어국문학과에 합격했습니다.

재엽 네? 국어국문학과요? 여보세요, 여보세요……

전화가 툭 끊어진다.

재엽, 합격 소식에 처음엔 좋아했지만, 2지망이라는 통지에 약간
어리둥절한 모습이다.

그동안 아버지의 방에서는 아버지가 책을 읽고, 그 옆에서 어머니가
초조하게 기다린다.

재엽, 곧바로 아버지의 방으로 들어온다.

어머니 어떻게 됐노?

재엽 저, 그게……. 법학과는 떨어졌는데…….

어머니 아…… 우짜노.

재엽 근데…… 국문과에 붙었다네요.

어머니 뭐라꼬? 국문과?

재엽 예에…… 그게, 2지망이라네요.

어머니 2지망? 그런 게 있나?

재엽 저도 2지망이 있는 거 처음 알았는데요.

어머니 니 원서, 니가 쓴 거 아이가?

재엽 근데, 국문과는 쓴 기억이 없는데……. 이상하네.

아버지 (사이) 내가 썼다.

재엽 예에?

아버지 재엽이 니 기자 된다 캤으니, 국문과도 괜찮을 거 같아서
원서 접수하기 직전에 내가 써 넣었다.

어머니 그라믄 진작에 얘길 해주든가 하지……. 근데, 당신 좋아하는 영어책 보게 영문과 안 쓰고 왜 하필 국문과라예?

아버지 내 맨날 영어책만 보다가 한국소설도 좀 읽어 보니까, 잘 쓴 게 많더라. 니, '최인훈'이라는 작가 아나? 『광장』이라고 읽어 봤나?

재엽 시험에 가끔 나와서 부분 부분 읽어봤는데요.

아버지 문과면 그 정도는 첨부터 끝까지 다 읽어봐야지. 함 읽어 봐라. 끝내주더라. 와 노벨문학상 같은 거 안 주는가 몰라…….

어머니 그러니까, 니 붙은 거가, 떨어진 거가?

아버지 국문과 붙었다 안 카나. 참, 이러고 있을 때가 아니지. 니 얼른 옷 갈아입고, 서울 갈 준비해라.

어머니 이 밤중에 와요?

아버지 신입생 신체검사가 문과대는 바로 낼 아침이더라. 법대는 낼 모레고. 그러니까 오늘 밤에 서울 올라가야 된다. 아버지가 통일호 막차 끊어놨다.

아버지가 책 사이에 끼워둔 기차표를 재엽에게 건네준다.

아버지 잘됐네. 이 밤중에 기차표 바꾸러 안 나가도 되고. 뭐 하노? 어서 서둘러라.

재엽 예. 다녀오겠습니다.

어머니 서울은 추불 긴데. 옷 단디 입어라. 목도리 꼭 챙기고.

재엽 예에. 새벽에 서울역에 도착하면, 전화 드릴게요.

아버지 그래. 얼른 가라.

재엽, 아버지의 방에서 나온다.

어머니 아니, 그걸 우째 알고 미리 표를 끊어놨어예?

아버지 사람 일은 아무도 알 수 없다 아이가.

재엽   저는 그날 아버지로부터 받은 기차표를 보면서 이 모든 일
이 아버지가 짜놓은 각본처럼 느껴졌습니다. 국문과를 나
와서 이렇게 아버지에 대한 연극을 하고 있는 것도 어쩌면
다 아버지의 바람 속에 있었던 것은 아니었을까 생각해 보
곤 합니다.

음악이 흐른다.
재엽, 외투를 고쳐 입고, 목도리를 두르며 옷매무새를 가다듬는다.
암전 없이 곧바로 다음 장면으로 이어진다.

2막 5장　　아버지와 나의 연대기 (2)
1995년 5월의 연희동
전두환과 노태우를 체포하러 가다

무대는 책장 배열의 변화를 통해 <태용문고>의 공간이
재엽의 <연희동 자취방> 공간으로 전환되고 있다.
부동산 아저씨가 책장을 전환하고 있다.

부동산　아, 이사 온 학생이 책이 많네. 책 좋아하나 봐.

재엽은 학과 선배 성훈과 함께 책을 가득 실은 리어카를 끌고
나타난다.

부동산　어, 어여 와. 아직도 짐이 더 있어?
재엽　　(리어카를 세워놓으며) 이게 다예요.
부동산　연희동에 잘 온 거야. 우리 동네는 도둑이니 강도니 절대
　　　　　못 들어. 경찰이 쫙 깔렸거든.

재엽   무슨 일 있어요?

성훈   전두환이랑 노태우랑 지켜줄라고 그런다, 씨발.

재엽   (책을 방으로 옮기며) 정말?

성훈은 민중가요 <광주출정가>를 흥얼거리기 시작한다.

부동산   학생, 집주인이 바쁘다고 이번 달 월세 대신 받아달래.

재엽   (준비한 봉투를 건네며) 네.

부동산   여긴, 밤에 친구들 데려와서 술 먹고 시끄럽게 떠들면 안
       돼, 응? (봉투를 확인하고) 이거 맞겠지. 수고해.

재엽   네, 고맙습니다.

부동산 아저씨, 나간다.

성훈   야, 집 죽인다. 너, 이런 집 어디서 구했냐?

재엽   고등학교 동창 녀석이 알려줬어요. 자기가 사는 연희동 주
       택 2층에 방 하나 비었다고.

성훈   너 이제 연희동 주민이다. 전두환이랑 노태우랑 같은 동네
       사람이야.

재엽   무슨 소리예요?

성훈   연희동 주민 된 기념으로 딱 나와라. 토요일 1시야.

재엽   아, 그날은 안 된다니까.

성훈   야, 이 선배가 후배 이삿짐 옮겨주러 리어카까지 끌고 왔는
       데?

재엽   대구에서 아버지 올라오시기로 했어요.

성훈   몇 시에?

재엽　3시에.

성훈　딱이네. 1시에 붙기로 했는데, 2시면 상황 종료야. 우리 폭투도 안 할 거야.

재엽　정말이에요?

성훈　정문에서 몸싸움만 조금 할 거야. 서대문경찰서에서 연희 교차로까지 터주기로 약속했어. 어차피 우정스포츠프라 자에서 막힐 거니까, 그때 우리는 학교 서문으로 가고, 너 는 길 건너서 너네 집으로 가고. 데모하다가 너네 집 앞에 오면 가라고, 임마!

재엽　그럼, 나는 2시에는 무조건 나올 거예요.

성훈　그래. 우리 학교에서 하는 제일 큰 집횐데, 우리 학교 학생 들이 사수대에 좀 있어야 할 거 아니냐.

재엽　형 나 4학년이야.

성훈　4학년이니까, 마지막까지 최선을 다해야 할 거 아니야. 근 데 4학년인데 군대는 언제 가나?

재엽　아, 몰라⋯⋯.

성훈　야, 『실천문학』이 책꽂이에만 꽂혀 있으면 뭐 하냐? 실천 하지 않는 문학은 문학이 아니야.

재엽　알았으니까, 형, 리어카 좀 갖다줄래요? 총학에서 빌린 건 데 금방 반납해주기로 했거든.

성훈　내가?

재엽　형 어차피 학생회관 갈 거잖아요.

성훈　하여튼 잔대가리는. 너, 어쨌든 토요일날 1시에 꼭 나오는 거다. 알았어?

재엽　알았어요.

성훈　늦지 마!

재엽　고마워요!

> 성훈, 리어카를 끌고 무대 밖으로 나간다.
> 재엽, 관객들에게 이야기를 꺼낸다.

재엽 90학번 성훈이 형의 유혹에 못 이겨 저는 이번 주 토요일에 예정된 5·18특별법 제정을 위한 한총련 집회에 참석하게 되었습니다. 대학에 입학한 후로 해마다 5월이면, 우리는 전두환, 노태우를 체포하자고 연희동으로 진격하곤 했습니다. 물론 저는 그때, 정말로 전두환과 노태우를 체포할 수 있을 거라고는 전혀 생각하지 못했습니다.

> 재엽, 뒤돌아서 마스크를 쓴다.
> 성훈, 마스크를 쓰고 쇠파이프를 들고 나타난다.

성훈 (쇠파이프를 건네며) 자, 받아라.

재엽 (투덜거리며) 에이 씨이, 폭투 안 한다면서요?

성훈 야, 야. 방어용이야, 방어용. 학교 안으로 치고 들어오면 방어는 해야 할 거 아니야.

재엽 에이 씨이……

> 이때, 마스크와 쇠파이프로 완벽하게 무장한 건장한 남총련 학생이 들어온다.

남총련 아따, 여기 본교생들인가?

성훈 네에, 그런데요. 어느 학교에서 오셨어요?

남총련 조대. 90이여.

성훈 아, 조선대.

남총련 여그 본교는 전두환이랑 노태우를 코앞에 두고도 매년 집
근처에도 못 가보더라고.

성훈 그, 그랬죠.

남총련 그래서 이번엔 우리 남총련이 '전노'체포결사대를 조직해
서 이라고 원정길에 올라부렀어.

성훈 네, 그러셨군요.

재엽 왜 높임말을 써요? 형이랑 동긴데.

남총련 아, 90이여? (악수를 청하며) 반갑네. 나는 조대 회화과 나광
수여.

성훈 아, 그래에? (악수를 받으며) 나는 여기 학교 국문과 이성훈
이야.

재엽 안녕하세요. 국문과 92 김재엽입니다.

남총련 어, 반갑다. (악수를 건네지만 재엽이 받지 않자 쇠파이프
를 툭 치고는) 92, 그란데 니도 사수대냐? 기럭지만 길었지,
영 매가리가 없게 생겼는디.

성훈 토요일이라서 학교에 애들이 별로 없어서…… 급하게 연
락하느라…….

남총련 여기 신촌 락카페 근처에 있는 학교들은 운동권도 주말에
는 쉬는갑네.

성훈 꼭 그런 건 아닌데…….

남총련 (쇠파이프를 툭툭 치면서) 조국은 시방 허벌나게 싸우고 있
는데…… (쇠파이프를 휘두르며) 오월의 영령들이 지금 이
시간에도 한 맺힌 두 눈을 감질 못하는데, 씨벌. 우덜은 오
늘, 전두환이랑 노태우 이 개새끼들을 체포할 때까진 절대
로 못 내려가.

성훈 그래서 우리가 오늘 특별법 제정을 위해서 집회를 하는 거

잖아.

남총련 특별법? 과연 김영삼이가 우덜 얘길 들어줄까? 그것도 다 똑같은 경상도 대통령인데. 우덜은 솔직히 못 믿어. 5.18을 광주사태라고 부르는 새끼들을 워떻게 믿을 수가 있겠는 가? 우덜은 오늘 정말로 <임을 위한 행진곡> 가사 대로 '앞 서서 나가니, 산 자여 따르라'여!

　　　　　　　　　　음악 <임을 위한 행진곡>이 들린다.

　　　　무대 후면 학생회관 건물 앞에 대형 걸개그림이 걸린다.

　　5.18특별법 제정과 전두환, 노태우 체포를 주장하는 민중미술작품이다.

　　　　　　　성훈과 재엽, 대형 걸개그림을 보고 감탄한다.

재엽 우―와. 진짜 크다.

성훈 그림이 진짜 살아 있네.

남총련 투쟁의 열정이 저 정도는 되어야 쓰겄지. 저건 우리 남총련 문화선전국 역량의 결정체여. 우리 시대에 과연 예술이 무 엇을 하는 것이 바람직허겄냐? 쪼까 부끄럽소만, 우리 청년 예술가들의 피, 땀, 눈물이여.

　　남총련이 다시 <임을 위한 행진곡>을 부르며, 배낭에서 화염병을 꺼내 가지런히 배열해둔다. 성훈과 재엽, 끝없이 나오는 화염병을 보고 감탄한다.

성훈 이걸 다 만들어 가지고 온 거야?

남총련 기본이지.

이때 함성소리, 최루탄 터지는 소리, 페퍼포그 연발탄 소리.

재엽   (긴박하게) 정각 1시경, 예상대로 교문 앞에 최루탄과 페퍼
       포그가 울려 퍼졌지만, 남총련 학우들은 달랐습니다.

기침소리와 함께 연기가 피어오른다.
연기 사이로 전투경찰과 백골단이 좌우에서 한번씩 지나간다.
영상화면으로 전투경찰과 백골단의 이미지가 계속 지나간다.
이리저리 쫓기는 시위대.
재엽이 마스크를 끼고는 손목시계를 본다.

재엽   형, 우리 어디까지 가는 거야? 우정스포츠프라자 지났잖
       아?

성훈   몰라 임마. 나도 이렇게 될 줄 몰랐지. 근데, 진짜 여기 어디
       야?

남총련 야, 너거들은 본교 사수대가 저그 학교 앞 동네도 모르냐?
        위매, 나 돌아버리겠다.

재엽   형, 이제 두 시 다 됐어. 나 가야 돼.

성훈   안 돼. 지금 백골들 골목길마다 쫙 깔렸는데 어딜 가!

재엽   (쇠파이프를 내려놓으며) 몰라, 몰라. 아버지 곧 오신다니까.

남총련 야, 92! 너 시방 토끼는 거여?

재엽   아, 그게 아니고요. 원래 2시까지만 하기로 해서……

남총련 씨벌, 학력고사 점수 높은 것들은 시간 정해놓고 데모하나
        보네.

재엽   그게, 3시에 약속이 있어서요……

남총련 약속? 우리 남총련의 애국청년들은 새벽부터 비 내리는 호
남선 타고, 목숨을 건 원정길에 올랐는데, 신촌의 병아리
새끼들은 투쟁하는 날, 약속을 잡아야?

재엽 대구에서 아버지가 올라오시기로 했거든요…….

남총련 너, 고향이 대구여?

재엽 네에…….

남총련 근데, 왜 사투리를 안 쓰는 거여?

재엽 (어색한 경상도 사투리를 구사하며) 쓰는데요.

남총련 씨벌, 티케이(TK)구나. 좋겠다, 씨벌. 삼성 팬이겠네?

재엽 옛날에는요…….

남총련 가봐라. 너, 아부지가 살렸다.

재엽 예, 저 가볼게요.

　　　　　　　재엽, 돌아가려던 찰나. 엄청나게 큰 폭발음과 함께
　　　　　　　　　　　　　　페퍼포그 연기가 엄청 쏟아진다.
　　　　　다시 전투경찰과 백골단이 좌우에서 갑작스럽게 들이닥친다.
　　　　　　　전투경찰과 백골단에 포위당하며 체포당할 위기에 처한다.
　　　성훈과 광수, 쇠파이프를 휘두르며 전투경찰과 백골단에 맞선다.

성훈 91년 강경대 이후로 오늘 젤 많이 쏘는 거 같다.

남총련 내 그때 서울에서 딱 한번 뛰었는데, 그날 꼭 이랬다. 그러
고 김귀정이 질식해서 먼저 가버리더라.

재엽 (기침을 하며) 형, 안 되겠어요.

성훈 야, 무리야, 무리. 나 따라와.

남총련 알고 가는 거여? 믿을 수가 있어야지, 염병할!

성훈과 남총련, 무대를 크게 한 바퀴 뛰어서 돈다.

재엽　(관객들에게) 너무나 많은 최루탄 연기 때문에 체포조의
　　　　대열은 결국 흩어져 버렸고, 우리는 연희동 골목마다 진을
　　　　치고 있는 백골단에게 오히려 체포당할 위기에 처했습니
　　　　다.

성훈　야, 광수! 너 이제 쇠파이프 좀 버리면 안 돼? 불안해서 미치
　　　　겠어!

남총련　안 돼. 죽으면 죽었지. 절대 안 돼! 나가 오늘 전두환이 끝장
　　　　내 버릴 거여.

10대 소녀 팬들의 꺅꺅거리는 소리, 점점 크게 들려와, 함성이 된다.

남총련　야, 저건 또 뭐여?

성훈　응? 저긴 뭐라고 써 있는 거냐?

음악, 서태지의 <교실이데아> 스타일의 전주곡이 흐른다.
영상, COME BACK HOME이라고 그래피티로 쓴 글씨가 비친다.

재엽　형, 서태지 집이에요!

10대 소녀들의 폭발적인 반응 소리. 성훈과 재엽도 순간, 기웃거린다.
잠시 감정을 억누르던 남총련, 소리친다.

남총련　난 이대로 집에 못 가! 전두환이 집은 도대체 어디 있는 거
　　　　야?

성훈   여긴 서태지 집이래!

남총련   전두환 집은 어디냐고?

성훈   여긴 서태지 집이라고!

남총련   이런 씨팔!(분노하여 뛰어나간다)

성훈   야, 광수!

> 성훈이 남총련을 따라 뛰어나간다.

재엽   (관객들에게) 그날 저는 전두환의 집 근처는 가보지도 못하
고, 서태지의 집 앞만 기웃거리다가 뒤늦게 연희동의 자취
방으로 돌아왔습니다.

> 재엽이 자취방으로 들어가자, 아버지와 형이 벌써 들어와 있다.
> 책상 위에 셰익스피어, 브레히트 희곡집 몇 권이 놓여 있다.

재엽   형…….

재진   재엽아.

아버지   왔나?

재엽   아, 저, 학교 앞에서 집회를 하더라구요.

아버지   앉아라.

재진   요새도 애들 데모하는 줄은 몰랐다.

재엽   오늘만 좀 그랬어.

아버지   (재채기를 하며) 요즘 대학생들은 무슨 일로 데모를 하나?

재엽   조금 있으면 5·18이라서. 전두환 노태우를 체포하자고 데모
를 하더라고요.

아버지   아, 여기 전두환이 동네지. 연희동. 재엽이 전두환이랑 같은

동네 사네.

재엽 예에. 어쩌다가…….

아버지 아버지는 박정희랑 같은 동네에 살았는데…… 재진이 니도 전두환이 동네 와 봤나?

재진 저희 때는 전두환이 집 청와대였습니다.

아버지 그렇지. 허허. 지금은 김영삼이 집이고. 김영삼이가 전두환이하고 노태우, 함 감옥에 집어넣을 기다. 두고 봐라.

재엽 진짜 그렇게 할까요?

아버지 물론 금방 풀어주겠지. 그러니까 쓸데없이 데모 같은 데 끼어들지 말고.

재엽 예에…….

아버지 재엽이 지금 4학년이지?

재엽 네에.

아버지 졸업하면, 뭐 하고 싶으냐?

재엽 아직은…….

재진 전엔 기자나 PD 하고 싶다고…….

재엽 그건 안 할라고……. 언론고시 봐야 된다 하더라고……. 영어 공부도 해야 되고.

재진 (재엽의 말을 가로막으며) 그럼 뭐, 새로운 거 있어?

재엽 문학을 전공했으니까……. 글을 한 번 써보려고…….

재진 소설…… 같은 거?

재엽 아니, 소설 말고……. 아버지도 영문학 전공하셨으니까, 잘 아실 텐데…… 연극 한번 해보려구요.

아버지 (놀라며) 연극?

재엽 아, 연극은 아니고요……. 희, 희곡문학 그런 거……. 아버지, 아버지 잘 아시는 셰익스피어, 뭐 그런 거 있잖아요.

> 아버지, 잠시 혼자 생각에 잠긴다.
> 책상 위에 놓인 셰익스피어 희곡집을 펼쳐보며 혼잣말로 읊조린다.

아버지 (혼잣말로) 이키루까, 시누까, 소레가 몬다이다.

재진 예?

아버지 사느냐, 죽느냐, 그것이 문제라고.

재진 아, 예에.

아버지 근데 아버지가 살아보니까, 그것만이 문제가 아니더라고. 때로는 어떻게 사느냐, 어떻게 죽느냐, 그게 더 문제일 때가 있더라고.

> 세 사람 사이에 짧은 침묵이 흐른다.

아버지 가자. 내 교보문고하고 청계천에 있는 헌책방 골목에도 함 가봐야 된다. 니 데려다줄 수 있지?

재진 네, 그럼요.

> 아버지, 일어나서 나가려다가 문득 말을 꺼낸다.

아버지 아, 재엽아…….

재엽 예에.

아버지 (책상을 가리키며) 여기 이 브레히트라는 독일작가 있지?

재엽 예에.

아버지 야가 운동권이가?

재엽 예? 아, 예에…… 조금.

아버지　주로 동백림에 있었는데.

재엽　예에…… 주로 동베를린에 있었습니다.

아버지　소련에도 가고…….

재엽　아, 미국에서도 활동했습니다. 할리우드에서 영화대본도 쓰고요.

아버지　아, 그런가. 많이 싸돌아 댕겼네.

재엽　예에…….

아버지　그래. 글 쓸라 하면, 많이 싸돌아댕겨야지. 사람도 많이 만나 보고.

재엽　예에…….

아버지　재엽아.

재엽　예에…….

아버지　사람은 모름지기 직업이 있어야 한다.

재엽　예에…….

　　　　　　　　　　　　　　　　　　　다시 침묵이 흐른다.

아버지　(재진에게) 가자.

　　　　　　　　　　　　　　　　아버지와 재진, 나간다.
　　　　　　　　　　　　　　　　재엽도 따라 나간다.

재엽　형, 잘 가. 아버지, 안녕히 가세요.

　　　　　　　　　　　　　　　　　　곧 어두워진다.
　　　　　　　　　　재엽은 아버지에 대한 죄송스런 마음 때문인지,

알 수 없는 복잡함으로 집 앞에 나와 서성인다.
한 손엔 읽다 만 시집이 들려 있다.
재엽, 시집을 들여다보자,
영상화면으로 브레히트의 시집 『살아남은 자의 슬픔』이 보인다.
담배를 꺼내 피우려던 순간,
멀리서 성훈이 남총련을 부축하면서 들어온다.
남총련은 머리에 붕대를 감고, 쇠파이프를 짚고 있다.
쇠파이프는 이미 휘어져버렸다.
남총련은 술에 취해 있다.

남총련 나가, 전두환이 집 앞에까지 와가지고, 그걸 못 잡아 부렀
어. 그 문어대가리 개새끼를 박살낼라 했는디, 내 대가리가
요로고 박살이 나부렀다, 씨벌.

재엽 어, 형? 이거 어떻게 된 거예요?

성훈 어, 재엽이 나와 있었냐?

남총련 어? 티케이(TK)! 그라도 삼성은 해태를 못 이겨!

성훈 내가 오늘 이 새끼 말리느라고 죽는 줄 알았다.

남총련 (재엽에게) 야, 아버지 만나 봤냐?

재엽 예에.

남총련 너그 아버지, 뭐 하시냐?

재엽 선생님 하시는데요. 영어선생님.

남총련 그려? 우리 아버지도 선생이었는데, 미술선생.

재엽 아, 그러세요…….

남총련 이씨, 니 아부지한테 잘해라. 티케이 쉐키야, 니는 좋겠다.

다시 소주병을 벌컥 들이키는 남총련.

성훈   저그 아버지 얼마 전에 돌아가셨단다. 5·18 때 후유증으로 계속 병원에 누워 계셨대. 아까 낮에 본 걸개그림에 저그 아버지 모습 그려넣었다더라.

재엽   아······.

남총련   티케이 쉐키, 너 뭐 보냐? (재엽의 손에 들린 시집을 보고는) '살아남은 자의 슬픔'? 살아남은 놈들이 뭐가 그리 슬프냐? 죽은 놈이 제일 슬프지! 죽어도 빨갱이니, 북한에서 보낸 간첩이니 손가락질을 해대는데, 씨벌. 야, 신촌 날라리 새끼들아, 어여 따라오드라고. 나가 오늘 전두환이 개쉐키 붙잡아갖고, 모가지 질질 끌고 망월동까지 가불란다. 씨벌새끼, 도저히 그냥 못 가겠다! 전두환이 개쉐키야! 씨벌놈아!

남총련, 달려 나간다.

성훈   야, 광수야—! 같이 가, 임마!

성훈, 남총련을 따라 나간다.

재엽   1995년 연희동에는 '전두환, 노태우'도 살고, '서태지'도 살고, 저도 살고 있었습니다. 그 뒤로 아버지의 말씀처럼 '전두환과 노태우'는 감질나는 일정으로 감옥에 갔다가 금방 풀려 나오고, '서태지와 아이들'은 시대가 유감이라고 은퇴를 하고, 저도 곧 연희동을 떠났습니다. 1997년이 되자, 아버지가 그나마 덜 미워했던 대통령 '김영삼이'는 말년에 IMF를 터뜨리게 됩니다.

무대 후면 영상으로, 김영삼 대통령의 사진과 IMF 관련
신문기사가 나온다.

재엽 그 해 연말, 김대중 후보가 새로운 대통령으로 당선되었습니다.

무대 후면 영상으로, 당선증을 받은 김대중 대통령 내외의
사진이 나온다.

재엽 그날 밤 저는 담배를 피우러 옥상에 올랐다가 대구 시내가 칠흑 같은 어둠 속에 잠긴 모습을 목격했습니다.

재엽은 무대 후면의 옥상 공간으로 걸어가 담배를 붙여 문다.
아버지가 옥상 공간으로 걸어 나온다.
재엽, 아버지를 발견하고 급하게 담배를 끈다.

아버지 니, 글 쓴다고 담배 많이 피우나?

재엽 많이는 아니고요, 조금…….

아버지 나도 하나 줘봐라.

재엽이 아버지에게 담뱃불을 붙여준다.

아버지 아버지도 젊었을 때 담배 좀 피워봤다.

아버지가 담배를 피운다. 옥상 밖을 둘러본다. 어둠 속이다.

아버지 테레비에서는 김대중이가 대통령에 당선되었다고 난린데, 대구 시내는 깜깜하니 조용하니 그렇네.

재엽 …….

아버지 니, 연극하는 건 재밌나?

재엽 네. 뭐, 그냥 노는 거라서요.

아버지 니, 신춘문예 준비한다는 거 잘 돼가나?

재엽 조금씩 써 보고 있긴 한데요…….

아버지 그거 당선되면, 상금이 얼마고?

재엽 이백오십만 원 정도요…….

아버지 (놀라며) 그거밖에 안 되나?

재엽 그렇게 적은 거 아닌데요…….

아버지 옛날 같으면 장원급젠데……. 글쟁이로 사는 게 쉽지 않겠구나.

재엽 …….

아버지 재엽아.

재엽 예에…….

아버지 네가 원하는 대로 등단하고 작가가 되면, 그때는 직업을 갖도록 해라. 사람은 모름지기, 직업이 있어야 한다.

재엽 예에.

아버지, 담배를 피우면서 옥상 밖을 내다본다.

아버지 김대중이가 대통령이 되는 걸 다 보고…… 아버지가 오래 살았다는 생각이 든다.

아버지와 재엽, 서로 같은 하늘을 바라보면서 조명 서서히 어두워진다.

암전.

2막 6장 아버지의 마지막 연대기
2004년의 아버지(73세)와 병상간호일기

아버지의 방. 재엽, 아버지의 호마이카상에 앉은 채 일기를 쓰고 있다.

영상화면에 날짜가 기록되고, 일기의 첫 문장이 타이핑된다.

타이핑 소리.

2막 6장 - 1

영상자막   *2003년 12월 25일. 지난 월요일(22일)에 대구로 내려왔다.*
                어제 병원에서 아버지를 모시고 퇴원했다.

재엽   (녹음된 목소리로) 뭐, 그다지 내가 할 수 있는 것들은 별로
            없다. 다만 아버지에게 나의 시간을 나눠드리고 싶다. 아버
            지의 눈에 나는 언제나 어린 막내이다. 나는 그러한 시선을
            틈타 언제나 자식으로서의 기본적인 의무로부터 잘도 숨
            어들었다. 나는 어쩌면 순수하게 내 마음이 편하고자 집에
            내려와 있을 뿐이다. 그러기에 지난 며칠간 서울에서의 죄
            의식과 불안감으로부터 약간은 평온한 기분이 든다. 마치
            '태풍의 눈' 속에 있는 것처럼 고요하다.

            이때, 재진이 들어온다. 서울에서 막 내려온 차림이다.

재진	안 잤네?
재엽	형, 왔어? 빨리 왔네.
재진	KTX가 좋긴 좋아.
재엽	아버지 봤어?
재진	주무시더라. 조금 있다가 뵙지 뭐. 이 방은 여전히 책 냄새가 가득하구나.
재엽	웬만큼 환기를 해도 쉽게 가시지가 않네.
재진	이제 이 방이 네 차지가 되었네.
재엽	생각보다 편하더라.
재진	(책장의 책을 둘러보며) 아버지한텐 이 책들이란 게 도대체 뭘까? 한 권 한 권 살 때마다 헌책방 돌아다니며 얼마나 많은 다리품을 파셨을까?
재엽	자전거 끌고서.
재진	사기 전에 마지막으로 살까 말까 한번 더 망설이셨겠지?
재엽	여러 번 그러셨겠지. 근데, 이거 다 짐이다.
재진	응?
재엽	아버지가 그러시더라고.
재진	아버지가?
재엽	응.
재진	(잠시 생각하다가) 확실히 안 좋아지신 거 같다.
재엽	그런 거 같아.
재진	창문 좀 열까?
재엽	추워. 어차피 비슷해.

재진, 방을 둘러보다가 문득 한구석에 놓여 있는

흑백TV를 발견한다.

재진　　야, 이 흑백TV 아직도 있네. 이거 아직도 나오나?
재엽　　글쎄.

　　　　　　재엽, TV를 연결시킨다. 흑백TV가 밝아온다.
　　　영상화면으로 화질이 고르지 못한 뉴스화면이 지나간다.
2003년 12월 25일 당시 노무현 대통령의 모습이 담긴 영상이 언뜻언뜻
　　　　　　　　　　　　　　　　　　　　　지나간다.
　　　　　　치직거리는 잡음도 함께 이어진다.

어머니　(들어오며) 아버지, 잠깐 깨셨다. 얼른 인사드리고 니도 쉬
　　　　　어라.
재진　　네에.

　　　　　재진, 나간다. 어머니, 나가려다 문득 방을 돌아본다.

어머니　계속 이 방 쓰려고?
재엽　　그럴까 싶네요.
어머니　불 어둡다. 책 볼라면, 스탠드 켜라.

　　　　어머니, 나간다. 재엽, 방 안의 불을 끄고, 호마이카상 위의
　　　　　　　　　　　　　　　　스탠드 스위치를 켠다.
　　　　　　　　　　백열전구 불빛이 들어온다.
　　　　　　　　재엽, 다시 일기를 쓰기 시작한다.
　　　　영상화면에 일기의 내용이 타이핑된다. 타이핑 소리.

영상자막   처음으로 아버지의 방이 평온하게 느껴진다.

어쩌면 이 방에서, 이 희미한 불빛과 해묵은 책들은

할 말 많은 아버지 인생의 한을 고스란히 기억하고 있는지도…….

그때, 백열전구가 깜빡거린다.

재엽   어?

백열전구가 꺼져버린다. 노트북 컴퓨터 불빛만 남는다.

영상자막 *(이어서)* ……. 모르겠다.

영상화면에 새로운 날짜가 기록되면서, 일기의 내용이 타이핑된다.

2막 6장 - 2

영상자막 *2003년 12월 29일. 아버지의 인생은 서서히 역사화되어 가고 있다. 오늘 나는 아버지의 인생에서 가장 중요한 비밀을 알게 되었다.*

      조명이 들어오면, 재진과 어머니가 병실에서 기다리고 있다. 의사가운을 입은 사촌형님과 레지던트가 병원 침대를 끌고 들어온다. 수술을 끝낸 아버지가 병원 침대 위에 링거주사를 맞으며 누워 있다.

사촌형님 작은아버지요. 수술 잘 끝났십니다. 이제 좋은 생각만 하시고, 회복만 잘 하시면 됩니다. 뭐 불편한 거 있으시면 언제라도 바로 말씀하이소. 제가 이 병원 꽉 잡고 있다 아입니꺼. (침대를 세우고) 욕봤십니다. 재진아, 니는 내 좀 보자.

재진 예.

사촌형님과 재진이 나간다.

어머니가 의자에 앉아 아버지를 살핀다. 이때 재엽이 들어온다.

재엽　한잠도 못 주무셨죠?

어머니　이제 집에 가서 자면 되지. 낫지도 않고 이래 고통스러울 바엔 차라리 가는 기 낫다.

재엽　엄마.

어머니　내 어제 너무 지쳐가지고, 아버지한테 힘들어서 도무지 못하겠다고 그래 버렸다. 내가 미쳤제? 내 금방 아버지한테 잘못했다고 사과했다. 그라고 한참을 껴안고, 또 울었다.

어머니, 울컥 두 손으로 얼굴을 감싼다. 재엽, 얼른 어머니를 껴안는다.

재엽　잘못한 거 없어요, 엄마.

어머니　(겨우 진정하며) 내 갈란다. 낼 아침에 올게.

재엽　걱정 말고, 천천히 오세요.

어머니, 나간다. 재엽, 어머니를 한참 동안 바라본다.
기지개를 켜는 재엽, 의자에 앉는다. 금세, 졸음이 쏟아진다.

아버지　(겨우 들릴 듯한 목소리로) …… 엽아.

재엽　예에…….

아버지　침대 좀 세워봐라.

재엽이 아버지 침대를 올린다.

아버지 됐다. 테레비 함 켜봐라…….

재엽 예에.

재엽, TV리모컨을 작동시킨다.
무대 후면 영상화면에 <KBS 인물현대사 - 장준하 2부작 : 1부 민족주의
자의 길, 2부 거사와 죽음의 진실> 화면이 떠오른다.

아버지 딱 맞췄네.

재엽 소리 좀 키울까요?

아버지 아니다. 됐다.

화면을 보는 아버지와 재엽.
무대 후면 영상에 장준하 선생의 젊은 시절과 유학 시절, 광복군 시절,
사상계 시절, 국토개발본부 시절, 민주화운동 시절이 지나간다.
무대 후면 영상에 장준하 선생의 함몰된 두개골과 경기도 포천군의
약사봉 계곡이 나타난다. 그렇게 다큐멘터리 영상이 끝난다.

아버지 (재엽에게) 됐다, 꺼라.

재엽이 TV를 끈다.

아버지 장 선생이 만약에 지금까지 살아 있다면, 김대중이보다 먼저 대통령이 되었을 거다. 선거 제대로 했으면, 다 장 선생을 찍었을 기다. 엽아, 아버지 물 한잔 줘라.

재엽, 아버지에게 물잔을 건넨다.

아버지, 천천히 물을 마신다.

아버지 엽아, 아버지가 니한테 할 얘기가 있다.

재엽 뭐든지 말씀하세요.

아버지 이건 아버지가 지금까지 살아오면서 처음으로 하는 얘기다.

재엽 무슨 얘긴데요?

아버지 아버지가 대구중학교 다니다가 6개월 만에 한국전쟁이 터졌다. 그래서 아버지는 곧바로 입대를 했지. 육군종합학교에서 9주 동안 훈련을 받고 소위 임관을 했다.

재엽 다 아는 얘긴데…….

아버지 아, 그런가. 근데 그 뒤가 더 중요해.

재엽 네에…….

아버지 소위로 임관하고 자대로 배치받을 때 부임증이란 걸 받는다. 근데 아버지는 행정병한테 얘기해서 부임증에 날짜를 적지 말라고 했다. 그러고는 부산으로 갔지.

재엽 부산에는 왜요?

아버지 형님 만나려고. 형님이 먼저 소위로 임관해서 부산에 있었거든.

재엽 부산에서 큰아버지를 만나셨어요?

아버지 그럼, 만났지. 아버지가 부대로 찾아갔다. 근데, 형님이 아버지를 보더니 깜짝 놀라는 거야. 그러면서 빨리 부대로 돌아가라고 아주 야단을 치더라고. 그럴 수밖에. 무단이탈을 한 셈이니까, 근데 아버지는 부대로 돌아가지 않았어. 그냥 부산에 있었지. 그러던 어느 날 헌병에게 딱 붙들린 거야.

그래서 아버지는 곧바로 군사재판에 회부됐다.

재엽 (놀라며) 네?

아버지 아버지한테는 재판받고 벌받는 일만 남았다. 근데 말이지, 그때가 전쟁 중이라서인지 재판이 곧바로 안 열리더라고. 그렇게 재판을 기다리던 어느 날, 하늘을 보니까 햇볕이 너무 따갑고, 만사가 다 귀찮아지더라고. 그래서 아버지는 그냥 집으로 내려가버렸다.

재엽 (놀라며) 네? 어디로요?

아버지 구미 고향집으로. 무단이탈에 무단낙향까지 한 셈이지.

재엽 ······?

아버지 근데 집에 가보니까 늙은 어머니 혼자, 며칠째 아무것도 못 먹고 쫄쫄 굶고 있더라구. 그런 어머니 얼굴을 보니, 혼자서 도저히 떠날 수가 없더라고.

재엽 아버지, 그러면 결국······.

아버지 그래. 아버지, 한국전쟁 때 탈영을 해서 다시 군대로 돌아가지 않았어. 그냥 집에 있었지.

재엽 아······.

아버지 아버지가 왜 그랬을까? ······ 말단 행정병을 막 윽박질러가지고 부임증에 날짜를 적지 말라고 했는데, 그런 객기가, 그런 무모한 배짱이, 아버지같이 소심하고 겁 많은 사람 어디에서 나왔을까?

재엽 ······.

아버지 아버지는······. 피하고 싶었다······. 많이 억울했고······. 도무지······. 받아들일 수가 없었어. 그리고 누가 착한 놈인지, 누가 나쁜 놈인지 도대체 알 수도 없고 말이지······.

재엽 ······.

아버지와 재엽 사이에 침묵이 흐른다.

아버지   (애써 웃음을 보이며) 그래도 큰아버지같이 빨갱이들하고 용감하게 싸우다가 다치고, 죽고 그랬던 군인도 참 많았는데, 아버지는…… 그치?

재엽   큰아버지는 많이 다치셨어요?

아버지   아, 큰아버지. 중공군하고 싸우다가 포로로 잡혔잖아. 근데 그 중공군을 맨손으로 때려눕히고 탈출을 했다. 그 와중에 다리에 총상을 입었어. 큰아버지가 전쟁이 다 끝나고 다리를 쩔뚝쩔뚝 하면서 집에 들어오는데, 얼마나 눈물이 나던지. 그래도 그렇게라도 살아 돌아와 준 게 얼마나 고맙던지…….

재엽   아버지, 그러면 아버지 군대시절 사진은 어떻게…….

아버지   아, 그거……. 아버지, 전쟁이 다 끝난 다음에 다시 입대했어. 전쟁 끝나고 형님이 집에 왔는데 아버지가 있었지. 형님이 깜짝 놀라더라고. 형님이 어떻게 된 일이냐고 묻는 거야. 그래서 이래이래 된 거라고 말했더니, 형님이 무슨 수가 생길지 모르니까 얼른 자진해서 입대하라는 거야. 그래서 아버지 뒤도 안 돌아보고 다시 입대했다. 근데 말이야, 그때가 휴전협정 조인한 지 며칠 안 될 때라서 그런지 정말 다행스럽게 소위계급장을 그대로 받아주더라고. (사이) 아버지 광주의 포병학교로 발령받았다. 거기서 대위로 제대를 했지. 거기서 별 달고 있는 박정희도 봤고. 근데, 아버지가 거기서 군대생활을 하고 있는데 말이지, 이승만이, 이 빌어먹을 놈, 이승만이가 틈만 나면, '북진통일, 북진통일'

하고 외치는 거야. 아버지 미쳐버리는 줄 알았다. 이거 또 탈영을 해야 하는 거야 말아야 하는 거야…….

아버지가 웃는다. 재엽도 함께 웃는다. 잠시간의 침묵.

아버지 재엽아, 한국이라는 나라 말이다. 아버지가 살아보니까, 진실에 뿌리를 내린 지도자를 한 번도 만난 적이 없는 것 같아. 진실에 토대를 두지 않은 권력은 말이지, 정도나 방향의 차이는 있을지 모르겠지만 다 독재나 마찬가지라고. 독재는 말이지, 진실과 함께할 수 없으니까 거짓을 감추려고 자꾸 알리바이를 꾸며댄다니까. 그래. 그랬던 거 같다. 아휴, 인제 또 어떤 놈들이 나타나서 알리바이를 꾸며댈는지. 아버지는 이제 그런 꼴 안 봐도 될 것 같다. 허허…….

아버지, 순간적으로 고통이 전해져 오는 듯 기침을 한다.

재엽 아버지, 괜찮으세요?

아버지 아이고, 너무 떠들었나……. 계속 누워 있었더니 피가 안 통하는 것 같다. 좀 주물러 줄래…….

재엽 예에…….

재엽, 아버지의 어깨부터 천천히 안마를 한다.

아버지 그렇게 따지고 보면, 아버지야말로 알리바이를 꾸며댈라고 얼마나 애를 썼는지……. 군복 입은 누군가가 "너, 군대에서 도망쳤지?" 하고 손가락질할까 봐 얼마나 겁을 냈는지.

지금 생각해 보면, 그렇게 겁먹을 일도 아닌데 말이지……

재엽, 계속 안마를 한다. 아버지와 재엽 사이에 다시 침묵이 흐른다.

아버지　재엽아. 아버지가 지금까지 한 얘기는, 아버지가 살아오면서 처음으로 하는 얘기야. 이렇게 얘기를 다하고 나니까, 속이 다 시원하다. (안마를 하는 재엽에게) 이제 됐다. 침대 좀 눕혀봐라.

재엽, 아버지의 침대를 눕힌다.
이때, 어머니가 들어온다.

어머니　아주버님 오셨어요.
아버지　형님이?

큰아버지, 다리를 절뚝이며, 들어온다.
사촌형님이 부축하며 함께 들어온다.

큰아버지　태용아.
재엽　안녕하세요.
큰아버지　그래. 재엽이 내려와 있다면서.
아버지　아이구, 형님.
큰아버지　어디 보자. 니, 많이 아프나?
아버지　괜찮습니다.
큰아버지　그래, 그래야지. 괜찮아야지. 괜찮을 기다, 그럼.

큰아버지, 아버지의 손을 꼭 잡는다. 아버지, 두 손으로 큰아버지의
손을 꽉 잡는다.
아버지는 눈시울이 뜨거워지고, 목이 메인다.

아버지 그럼요. 괜찮습니다. 괜찮을 깁니다.
큰아버지 그래, 그래야지.

큰아버지, 아버지 얼굴을 보면서, 울컥 목이 메인다.

큰아버지 당연하지. 우리 오사카 다시 함 가봐야지.
아버지 오사카……. 오사카……. 함 가야죠…….

두 형제, 더 이상 눈물을 삼키지 못한 채, 서로 잡은 손을 놓지 않는다.
오래전에 두 분이 즐겨 부르시던 엔카 <카와노 나가레노 요우니>
후렴구가 흐른다.
곁에 있던 어머니, 더 이상 보지 못하고, 눈물을 훔치며, 나간다.
두 형제 사이로 조명, 서서히 어두워진다.
영상화면에 일기의 내용이 타이핑된다. 타이핑 소리.

2막 6장 - 3

영상자막   *2004년 1월 16일. 오늘부터 아버지께서 제2차 항암치료에 들*
어간다. 과연 제대로 먹지도 못하시는 아버지께서 항암제
약물을 견뎌낼 수 있으실까?

아버지   엽아, 침대 좀 세워봐라.

재엽, 침대를 올린다.

아버지   아버지 물 한잔 줘라.
재엽   예에…….

재엽, 물이 담긴 컵을 건넨다. 아버지, 한 모금 들이키려다 바로
토하면서 잔을 떨어뜨린다. 구역질과 기침을 해댄다. 재엽, 컵을 집고,

바닥을 닦는다. 아버지를 편하게 눕힌다.

재엽 아버지, 괜찮으세요?

아버지 엽아, 니가 나 때문에 고생이 많구나.

재엽 아휴, 별말씀을요…….

아버지 너무나 기운이 없고, 힘이 들어서 차라리 죽는 게 낫겠다는 생각이 든다.

재엽 아버지…….

아버지 모든 게 다 귀찮고, 너무나 고통스럽다…….

아버지, 손목에 붙은 링거주사를 빼낸다.

재엽 아버지.

아버지 집에 가자. 집에 가고 싶다.

재엽, 아버지를 외면한 채 한동안 서 있다.

아버지 아버지 말 들어. 선생님 말 들어.

재엽, 아버지를 돌아보고는 가까이 다가간다.
음악이 흐르면서 아버지의 어린 시절인 소년과
아버지의 젊은 시절인 청년이 무대 후면에서 함께 들어온다.
침대에 누운 아버지 곁에 오랜 친구처럼 가까이 다가온다.
아버지는 소년과 청년을 편안하게 바라보며 고개를 끄덕인다.
소년과 청년이 바퀴 달린 침대를 서서히 밀고 나간다.
재엽은 아버지가 떠나는 모습을 배웅하듯 따라가며 지켜본다.

혼자 남은 재엽, 빈 의자에 앉는다.

바닥에 엎질러진 아버지의 흔적을 바라본다.

타이핑 소리와 함께 영상자막이 흐른다.

영상자막 *2004년 3월 14일. 오전 7시 30분경, 아버지 운명하시다. 별다른 고통의 표정 없이 잠시간의 눈뜸과 눈감음으로 생애 마지막 순간을 장식하시다.*

에필로그 　　 2019년 10월, 현재의 재엽

재엽 그렇게 아버지는 저희 곁을 떠났습니다. 오래전 대구의 50
사단 훈련소 앞에서 저를 기다리던 아버지의 눈물이 떠오
릅니다. 그리고 아버지가 제게 남기신 알리바이를 되새겨
봅니다. 언젠가 저도 제 아들에게 제 인생의 숨겨놓은 알리
바이를 고백할 순간이 찾아오겠지요. 그때 과연 아버지처
럼 용기를 낼 수 있을까요?

아이 웃음소리가 들린다.
무대 가운데 자그만 턴테이블 위에 놓인 세발자전거에
조명이 들어온다.
재엽, 세발자전거 가까이 다가간다.
아이 웃음소리가 점차 잦아든다.
시간의 정적이 흐른다.

재엽의 기억처럼 혹은 환영처럼 아버지가 자전거를 타고 지나간다.

재엽은 아버지의 모습을 물끄러미 바라본다.

곧이어 김정호의 <하얀 나비>가 흘러나온다.

재엽은 아버지의 모습처럼 자전거를 들고 나온다.

자전거를 타고 무대 주위를 끊임없이 맴도는 아버지처럼

재엽도 자전거를 타고 하염없이 맴돌기 시작한다.

무대 가운데에 세발자전거가 놓인 턴테이블이 돌아간다.

아버지의 자전거와 재엽의 자전거가 서로 마주보며 가까이 다가온다.

두 사람 천천히 자전거를 끌면서 서로 겹쳐진다.

아버지는 문득 멈춰 서서 아들을 생각하듯 잠시 생각에

잠겼다가 지나간다.

재엽은 사라진 아버지를 발견한 것처럼 주위를 둘러보며

문득 생각에 잠겼다가

다시 지나간다.

두 사람은 스치듯이 그렇게 만났다가 다시 헤어진다.

조명 서서히 어두워진다.

2막 끝.

막이 내린다.

* **커튼콜이 끝나고, 관객이 퇴장할 때**
영상화면으로 아버지의 경북대학교 도서관의 실제 사진을 비롯하여
다큐멘터리 자료영상이 보여진다.

알리바이 연대기 국립극단 희곡선 3

지은이 | 김재엽

2019년 10월 16일 1판 1쇄 펴냄

기획	재단법인 국립극단
	예술감독 이성열
진행	정명주 지영림 나수경
주소	서울시 용산구 청파로 373
웹사이트	www.ntck.or.kr
전화	02 3279 2280

펴낸곳	걷는사람
펴낸이	김성규
편집	김은경 이계섭
디자인	김동선
주소	서울 마포구 월드컵로16길 51 서교자이빌 304호
전화	02 323 2602
팩스	02 323 2603
등록	2016년 11월 18일 제25100-2016-000083호
ISBN	979-11-89128-51-7 [04810]
ISBN	979-11-89128-36-4 (세트)